胤のひとりごと

夢をつかった、母との和解

岩城胤

幻冬舎ルネッサンス新社

はじめに

学校や外の人間関係は、本当の心から、あまりにもかけ離れていた。

自己表現が苦手。

外に表現する世界がすべてなら、生きていることができないと思った。

そんなときに、はじめて人の夢が書かれた本を読んだ。

『心』や『存在』というものが、単なる物質的なものではないことを感じ、ただ見ず知らずの人の夢を読んでいるだけなのに、たましいの泉に波紋の浮きあがる音をきいた。

「そのもの」をイメージで如実に語っている、純粋なその物語性に、どんな難しい言葉よりも、はじめて体験的に救われたような気がした。

式がないから、存在しないにひとしかったもの。

理性ではない、言語化できない、ずっと心にあった感覚的なもの。

夢が、その式になってくれた。

シンプルに、ただ「物理法則に縛られない世界があるんだ」「人間の内面には、こんなにも魔法のような、ふしぎな世界がひらけているんだ」と、それだけで力が湧いた。

なんだか自分に価値があるような気がした。

無条件に、ただ生きていることが、神秘的なことに感じた。

夢を見ているときも、目覚めてからも、夢の意味はすぐにはわからない。

頭で無理に理解しようとしても、真に腑に落ちる答えに出会えない。暫くして、それこそ長ければ半年も一年も経って、何も考えていないときに、ふと、偶然ゆで卵の薄皮がきれいに剥けるように、つるんと剥けることがある。

焦らないこと、待つこと、悪く思わないこと。

夢にも、現実にも、そういう捉え方が必要なのかも知れない。

みなさんへ

これは、もともと、ただの日記でした。

せっかく書いたので、形にしたい、誰かの役に立ちたいと思い、七年間書きつづけたほんの一部を出版することにしました。

もしも外面的な世界のなかで、息がつまりそうになっているなら。

みなさんのなかにも、自由な物語があることを、知っていただけたらうれしいです。

私は夢にたすけられて、母と、自分の傷と、和解することができました。

そんな路傍のちいさな物語を、少し覗いて、楽しんでもらえたらと思います。

胤の日記

平成二十九年　十一月十五日

夢　二匹の大型犬を飼っている。一匹は黒で、一匹は白い犬。散歩をしていると、見知らぬ女の人がいる。知らない人だが、私はその人を知っているような気がした。ふいに後ろから、数えきれないほどのパトカーが追いかけてきた。狙《ねら》いは女の人らしい。

私と二匹の犬は、女の人を守ろうとする。女の人を連れて逃げるが、追い詰められる。大きな屋敷の前で、パトカーが次々にブレーキをかけて止まる。私は急いで女の人を屋敷の庭の茂みに隠した。屋敷の門は開いていた。なんとなく、女の人の屋敷だと思った。

パトカーから続々と人が降りてきて、女の人を目指してこちらへ向かってくる。犬たちは物凄い威嚇《いかく》をして、彼らに襲《おそ》いかかる。犬が（黒か白かはわからない）一番最初に噛みついたのは、スラリとして背の高い、派手なピンク色の服を着た若い女性だった。彼女は追ってくる人々の中で、一際ズカズカと赤いピンヒールの底を鳴らして近づいてきていた。深く考えることやシリアスなことが嫌いな、頗《すこぶ》る外向的なタイプだと感じた。犬に噛まれると、頭を抱えて悲鳴を上げ、海外のコメディアンのようなオーバーなリアクションをとった。

犬が次に噛みついたのは、灰色の背広を着た中年の男性だった。彼は、若い女性が犬に噛まれたのを見ていたせいか、酷く警戒を見せながら、怯《おび》えた様子で近づいてきた。男性に噛みついたのは、白い方の犬だった。犬は歯を剥《む》き出しにして飛びかかっていき、馬乗りになって彼に喰らいついた。私は白い方の犬は大人しいと思っていたらしく、その攻撃的な一面に少し驚く。周りを見渡してみて、おそらく女の人を守ることは不可能だと感じた。パトカーから降りて迫りくる人が多過ぎて、このペースでやっつけていては誰かが隙《すき》を突いて門を抜けるのは時間の問題だった。

女の人が、私と二匹の様子を茂みの中からじーっと見ている。私は振り返りはしなかったが、彼女の顔が、逃げていたときと全然違って幼いのを感じた。くり抜かれたように真ん丸で大きな双眸《そうぼう》は、底抜けに深くブラックホールにも見え、また白色に近い、金色で光っているようにも見える。

数えきれないほどのパトカー（自分を断罪する感情）に、追い詰められていた。まわりを取り巻くすべての環境や人が、自分を罰しているように感じ、周囲から「攻撃を受ける」「罰せられる」と、他者に対してもの凄く身構えていた。心の深いところに身を潜めるが、もう女の人（私自身）を守ることはできそうにない。女の人が茂みのなかで幼くなった姿は、現実的な人間の見た目ではない、本の挿絵のような感じだった。女の子の瞳は、ブラックホール――神秘的な、宇宙的なものと繫がっている。

平成二十九年　十一月二十一日

みんな家庭や学校に良好な人間関係がないから、それをネット上に求めている。家にも学校にも居場所がない。切ることを何とも厭《いと》わないアイコンと、意味のわからない絵文字で馴《な》れ合っている。その一言一言には、一ビットの重さすらない。ただ承認欲求を満たしてくれる相手として、自分の好きな自分を演じる舞台として、互いを利用しているに過ぎない。

ネット上での疑似家族、疑似恋人関係を結んでいる人を見かける。実際は顔も見たことのない、しかし趣味の合うネット友だちに、自分と親子だとか兄弟姉妹だとか、あるいは恋人だとかの設定を施し、ネット上では恰《あたか》もそういう関係であるかのように装って過ごす。

そのとき、多くはプロフィールに関係性と相手のＩＤを記載する。しかしそれを見る第三者の誰もが、それが疑似的関係であることを当然のように知っている。また、そのあまりにも希薄な疑似的関係は、人によっては相手を目まぐるしく変えることもあるらしい。

ＳＮＳにログインしては消し、ログインしては消している。気に入らない自分を、何度も殺すように。私にとっては、どちらが冥界の入口だかわからない。どちらにしても、欺瞞《ぎまん》の闇が巣食う人間関係に絶望している。さらにその欺瞞を見分ける術を、自分も誰も持っていないことに失望している。ここに居る私が裏方から昇格することはないだろう。いつまでもボロボロのパペットを操っていなければならない。裏方も永遠にログアウトしてしまいたくなる。手書きの二次元アイコンが、それが本人とは似ても似つかない、似せる気もない自画像だということを物語っている。そんな自画像同士で、裏方が書いた台本の個性を、今日も彼らは演じている。三つ並んだ草陰で咽《むせ》び泣きながら。カエルの合唱が聴こえる。

平成二十九年　十二月七日

夢　好きなシャンソン歌手の舞台を観に来ている。歌が終わり、私は劇場の裏口に車を停めた。歌手を待つためだった。私は運転手で、歌手の送迎をするらしい。程なく裏口から彼が現れ（本人とは顔が異なる）て、車に乗り込んだ。車を運転しながら、私は彼に、自分の家へきて接待させて欲しいと言った。彼はとても大人しい静かな人で、最初は困ったような、申し訳なさそうな顔をして断ったが、「どうしても」と言うと承諾してくれた。

家に着き、誰もいないリビングへ通す。キッチンの後ろのテーブルに座ってもらうと、急に眠たくてどうしようもなくなり、彼に理由を話して「待っていてください」と、二階の寝室へ上がった。階段を上がっている最中に見た二階のイメージは、漠然《ばくぜん》としていて、真っ暗な、得体の知れない、吸い込まれそうな……部屋という「空間」を超えた……まるで異次元に続く穴のような、そんな感じだった。

「二階に入った」という記憶も「二階にいた自分」の記憶もなく、気づいたらいつの間にか長いこと眠っていたようで目を醒ました。

下の階で歌手を待たせていることを思い出し、急いで降りると、台所に母がいた。歌手は二階へ行く前と同じように、テーブルに座っていた。私が母に「居たなら、お茶くらい出してよ」

と言うと、母は彼の存在に「気づかなかった」と答えた。私はお湯を沸かし、彼に紅茶をすすめた。彼は恐縮した様子で受け取り、礼を言った。私は再度、強烈な眠気に襲われて二階へ上がった。そしてまた「二階にいた自分」の記憶はないまま目醒めた。また寝てしまったと思い、下へ降りてみると一階には誰の姿もなく、ソーサーと空のティーカップだけがテーブルの上に残されていた。時計を見ると何時間も寝ていたことがわかり、歌手は帰ったのだと思った。

私は母に、自分が手探りして見いだした「好きなもの」に、もっと興味を持って欲しかった。夢のなかの間取りでは、台所に立つと、テーブルに背を向ける形となる。

小さい頃から、物理的な世界とはちがうものに関心があったが、母はそういうところをもてなしてはくれなかった。気づいてくれなかったというよりは、背後なので、見えていなかったのかも知れない。

平成二十九年　十二月十日

世の中には「ただポジティブになれ」「ただ前向きになれ」という本が多くある。「自分はただ、自分を信じればいい」「何をやってもいいのだ」と言われても、どこか漠然とした芯の定まらない虚しさが残る。みんな表層的な楽しさを必死に繋ぎとめ、繋ぎとめ、無理に楽観的になっては見ない振りをしているように感じる。

底暗い闇にスパンコールの蓋をしている。

ポジティブになったら、ポジティブな現実が。ネガティブになったら、ネガティブな現実が。確かに思考が現実に影響することは科学的にも証明されているようで、「引き寄せの法則」などとも言われるけれど、そこには、どこか言い知れない虚しさが残る。

「ただポジティブになれ」というのは、「思考は現実に反映するものだから、どうせならポジティブな考え方を提唱する」というだけであって、人類の根底で繋がっている共通の指標のようなものはない。故に、正しさなんていうものはない。「どんな思考をしてもいい」ということは、「どんな思考をしても意味がない」ことを予め知っている。同じように、「何をしてもいい」ということは、「何をやっても意味がない」ことを知っている。何をやってもそこには善悪がなく、あったとしても社会の決めたルールであって、本来的な人間には関係なく、何事にも意味が無いからこそ、何をしてもいい。でも、それでは結局虚しくないか。

平成二十九年　十二月十一日

夢　ジャズミュージシャン（実在の人物ではないが、スターと呼ばれるほど世界的に有名な印象）にギターを教えてもらっている。その人に『光』という曲を教わるが、いくら練習しても上手く弾けない。すると彼は態《わざ》とらしい口調で「あーあ、これじゃあ明日のコンサートを中止にするしかない」というようなことを言う。

なぜ自分が『光』を弾けないと、その人のコンサートが中止になってしまうのか解らなかった（私はなんの縁かギターを教えてもらっているだけであって、コンサートに出演する予定も資格もない）が、彼は直接そうであると言わずとも「私のせいでコンサートができなくなった」ということを遠回しにアピールしてくる。中止するのは嘘ではなく、本当らしい。

私は非常に申し訳ない気持ちになって、ミュージシャンに向かって「明日までに『光』を弾けるようにします」と断言した。明日までに『光』を覚えることは、どう考えても不可能だった。それに弾けるようになったとしても、彼のコンサートが中止になることには変わりない。しかし、自分には曲を覚えることしかできることがないと思い、家に帰って徹夜で練習した。懸命に努力したが、「明日」までに『光』を弾けるようにはなれなかった。

ミュージシャンの要求はストイックだが、早く光を弾けるようにさせるための優しさを感じる。

平成三十年　一月二十四日

夢　雪が降っている。私は校舎の中にいて、窓の外を見ている。雪は辺り一面に地面から二センチほどの高さまで積もっている。少し前まで吹雪いていたが、今は日も出てちりちりと、静かに降っている。昼食の時間が迫っていた。私たちの学年は今日、教員に引率され、レストランで外食をとることになっていた。たくさんあるメニューの中から、何をどれだけ頼んでもよかった。みんなは以前から、この日を楽しみにしていて、昼までに雪が止まなければ外食は中止になることを先生から聞いたときは不安そうな、不満そうな顔をしていた。しかし天気予報では午後までに晴れることになっているし、事実、昼に近づくにつれて雪は力を弱めていった。今にも晴れてしまいそうな空と、儚《はかな》げな雪を窓越しに見つめながら、私は雪が止まないことを切に願った。なぜか、切りもちのパックを持参していた。

外食には、理由は解らないがどうしても行きたくなかった。傍《そば》にいる子が「もう止むね。楽しみだね」というようなことを言ったので、まさか「行きたくない」とは言えず、「そうだね」と答えた。私は最後まで心の中で「止まないでくれ」と呪詛のように念じていたが、結局、昼までに雪は止んでしまった。


教育に引率されるレストランでは、何を選んでもいいが、それは向こうがわに用意されたメニューだった。私は自分の食べたいものが決まっていて、それは、これから行くレストランにはないと思った。

私は学校という場所や、これから行く先に、各々が食べたいものを好きなだけ頼むのではなく、雪の降る寒い日に、みんなで切り餅を分けあってお雑煮を食べるような、そういう温かさを求めていた。

平成三十年　一月二十五日

涙を流しすぎて顔のパーツまで流されてしまった。きっと教室の真ん中に聳《そび》える歪《いびつ》な柱の中にでも吸収されたのだろう。「平和だね」のっぺら嬢が、のっぺら嬢の私に言う。私はのっぺら嬢だから、顔のない顔で「そうだね」と言う。

平成三十年　一月二十九日

夢　そこには、普段と何も変わらない母がいる。すると突然、母の姿が血まみれの低出生体重児か、あるいは受精後8～9週目くらいの胎児に豹変し、猛禽《もうきん》が罠にかかったり、火縄銃に撃たれたときのような、悲痛な泣き声で泣きじゃくり、何かを訴えるような、哀願するような瞳で私を見つめた。その瞳は黒目しかなくて、まるでこの世のものではない感じがした。

それは、突如として生命の消える瞬間だった。一瞬の鳴き声、一瞬の抵抗であるが、「死にたくない」という思いがひしひしと伝わった。しかし、それが自然の法則なのか、何か大きな力が働いていて、その動物的な、野性的で衝動的な悲鳴も虚しく、死んでしまった。私は泣いていた。

母はこのとき余命一か月の宣告を受けていた。しかし実際は、それよりずっと長く生きていてくれた。胎盤のイメージはなかったが、生命は胎盤から生まれ、そして胎盤へ吸収されていくような感じがした。最期の一瞬も猛々しく懸命に生きる、はげしく脈うつ生命力。その閃光を見た。

平成三十年　三月六日

夢　古い公園のようなところに来ている。大きな神社の境内のようにも感じる。石畳の道があり、それ以外のところは砂場のように石英を多く含む枯色の砂が広がり、大木が疎《まば》らに聳《そび》えている。公園の周りは木が多過ぎてどうなっているのか解らないが、全体的な広さは然程《さほど》なく、土地の真ん中に大きな横長の石碑が建っていた。

それは神社（もしくは公園）の由緒ある歴史を記したものだが、夢に出てきた碑は、その昔、この場所で人々によって退治された妖怪に関するものだった。碑の文は古語で書かれていて読めないが、記された出来事のイメージがあり、その中で退治された妖怪は、獅子のような顔をした、巨大な蜘蛛《くも》の姿だった。イメージの中で妖怪は、足に縄をかけられ、四方八方から引っ張られていた。一本の縄につき、何人もの男たちで引っ張っていた。

人々に捕らえられると、妖怪は無言のまま突如として自ら腐敗していき、さらに骨格も瞬《また》く間に風化し砂となって霧消《むしょう》した。暫く碑を眺めていると、いつの間にか、周りには通っている中学校の同級生たちがいて、すぐ隣にMが立っていた。私はMを見つけると半《なか》ば興奮気味に「妖怪（妖怪の名前）がいたんだって！　本に出てきたよね、嬉しいね！」というようなことを言ったが、Mが妖怪の本を読んでいるはずもなく、苦笑いさせてしまった。しかしMは私に合わせるように「うん、嬉しい」と言った。ちょっと気を遣っている、無理をしている感じが伝わった。

私は、なんだかそうせざるを得ない衝動に駆られ、人の眼も気にせず砂の上を裸足で走りまわった。足の裏で直《じか》に砂に触れる感触が、とても心地よかった。靴を脱いだ覚えがないから、最初から裸足でそこに居たのかも知れない。そのせいか、足の裏が砂に触れる感触を味わいつつも、自分が裸足であることの自覚がなかった。気がつくと脛《すね》の辺りまで砂まみれになっていて、Mに「見て！　砂まみれ！」とはしゃいだ様子で言うと（私は幼稚園くらいになっていた）、

「足を洗ってきたら？」と冷たくあしらわれてしまった。
それが大変ショックで、近くにあった井戸で足を洗った。すると、Mを含め同級生たちの帰っていく背中が見えた。ここへは野外活動か何かで来ていて、自分も学校へ戻らなければと思うが、砂がなかなか落ちないので追いかけることができない。焦っていると、ふいに誰かに肩を叩かれ「行こう」と言われた。その子は知らない女の子だったが、まるで旧知のようで、私は頷き、その子と一緒に帰った。

自分のなかにある素朴で感覚的なものは、（外の理性的・合理的な力で）四方八方から引き千切られるように感じていた。歴史あるものに神秘性を感じたり、妖怪（超自然的なもの）が霧消してできた砂を、裸足で体感したりするような、感覚的なところ。そういうところを指摘されて、傷つくことが多かった。

平成三十年　三月二十二日

夢

ランドセルに付けた鈴の音がする。私は小学校から帰宅していて、祖母の家の前にいた。当時の私にとっては少し重たかった玄関のドアを開く。すると家の中には灯りが点いていなかった。いつも通り靴を脱いで上がる。廊下に差しかかると、リビングの扉は開いていて、廊下からリビングにかけて家族や親戚が血まみれで倒れている。リビングでは棚とテーブルが倒れ、食器も椅子も散乱しているにも関わらず、一脚だけ部屋の中央にきちんと立っている椅子が妙に目立った。椅子の上には、ボロボロのテディベアが座っていた。私はなんとなく、このテディベアがみんなを殺したと思った。

私は洗面所へ向かった。そして洗面台の鏡を見ると――（この後のストーリーは毎回異なったり、なかったりしたが、いずれにせよ覚えていない）。

※小学四年生から中学一年までの間、四・五回ほど同じ夢を見た。その後は、一度も見たことがない。初めてこの夢を見たとき、友人の夢とシンクロしていた。よほど衝撃的だったらしく、彼女は朝会った途端に話してくれた。夢を見たことは友人から話してくれたので、私の話を聴いて創作したとは考えられない。私も友人もテディベアを持っていない。この夢の以前に、

彼女とテディベアについて印象的な体験をしたわけでもない。
※《友人の夢》友人はTに中身の（綿）の入っていないテディベアを渡され、「綿を詰めて」と命令された。友人はTのことが嫌いで、Tも友人のことを嫌っていた。友人はこれを嫌がらせだと思ったが、Tは学校で強い影響力を持っていたので、何も言えず不承不承にも、そのテディベアに綿を詰めた。すると翌日、そのテディベアが命を持ったように動き出し、包丁で私（岩城　胤）の心臓を刺して殺した。テディベアは青かったらしい。

クマというと、ディズニーの『ブラザー・ベア』を思い浮かべる。

作品のなかで、主人公のトーテムであるクマは『愛のクマ』であるように、小さい子が欲しがるふわふわのテディベアは、愛の象徴のようなもの。

本来かわいい、愛のクマが、包丁を持って残虐的に家族を皆殺しにする。

この夢を見ていたとき、家族の誰にも理解されないと感じていた。

家族からの愛は、本来自分が求めていた、ふわふわした愛ではないと、私のなかの愛のクマが、家族の愛をすべて否定している。「その愛はちがう！」と、ズタズタに切り裂いて消滅させている。単なる心のことだけれど、現象として実体で見るとあまりにも悲惨に映る。

自分がこの現象をやってしまったのかも知れない。

自分じゃないよね、これ？

私がテディベアなのではないかと、確認するように、鏡を見た。

《友人の夢》

Yのお母さんはおおらかで明るいが、あまり心のことがわからない人だった。

お父さんが開業医で裕福だったので、物理的には恵まれたものを与えられていて、それもYは理解しているけれど、傍から見てYの家庭は、どこか心理的な領域から切り離されているように見えた。

今はわからないが、私の世代はまだ小学校低学年でいわゆる「オタク」というのは、めずらしかった。

Yはアニメや漫画の世界に、少しでも心理的な領域を、求めていたのかも知れない。

この頃、Yは私のことを物凄く信頼してくれていた。

どこへ行くにもべったりついてきて、私の口調を真似した。

Tは、容姿などの外面的なことに、とても拘っていたという印象だ。

Yは、そういうことに違和感を覚えていたのかも知れない。

教室に漂っている話題は、どれも自分が本当に求めていることや、話したい内容ではない。

でも、それをどうやって表現したらいいのかわからないし、まだ自分が本当は何を求めているのかもよくわからない。ただ、内容はなんでもいいから、まわりと関わりたい。友だちと交流したい。

そのためには、そういう表層的な話題しか落ちてないから、なんなくそれに合わせる。

口にしないだけで、違和感を持っている人は多い。

でも周りはそういう外面的な人ばかりだから、その力に抗えず、Yは嫌々ながら、T（世間や社会）の不可抗力的で強制的な力を、テディベアのなかに入れてしまった。

からっぽに思える愛を、周囲に順応することで、満たそうとし始めた。

そうすると、どうなるか。

Yは、分裂した状態になる。

Yのなかには、心理的な領域を満たす愛を求めているが、外面的なものに偏った周囲に順応して愛されたいという、二つの世界のあいだで葛藤があった。

Yはもしかすると、そういう表層的なところで暴れまわっているクマを、私に退治して欲しかったのかも知れない。そのテディベアの綿を引き摺りだして、「こんな綿はちがう！」と言って、たとえば心臓のような、生きた鼓動を感じさせるものを、詰めてくれることを期待していたのかも知れない。

依存されると、本人の親すらも与えることのできない愛を求められる。当然、そんなものに応えることはできない。すると、どこかで落胆がでる。

急に、ガラッと態度が変わる。攻撃がでる。

凄く大変だったね、と言ってあげたくなる。

そのとき私はYのことを、全然わかってあげられなかった。

これから先、もしも誰かにテディベアをけしかけられたら、心臓はあげられないかも知れないが、綿に代わる何かくらいは、詰めて贈り返せるようになりたいと思う。

平成三十年　四月四日

夢　木魚の音が聴こえる（すぐに止む）。楼閣《ろうかく》のように思ったが、どうやら雛壇《ひなだん》のような形の大きな祭壇であるらしく、大量の料理や果物の皿と共に、塩や、おりんや香立てが、各段を埋め尽くすように座していた。雛壇のような、祭壇のような「それ」には、赤い毛氈《もうせん》が敷かれていて、その毛氈と同じ色の天鵞絨《びろうど》でできたカーテンが、舞台の幕のように両脇に、最上段から床に余る長さで垂れている。その幕の裏側からひっそりと、一人の妖怪が顔を出した。背の高い白い皿に乗せられ、すべての段にびっしりと並べられた供え物を見渡すと、妖怪はその内の一皿を抱えて幕の裏へ隠れた。
ここで場面が変わる。

私は大きな懐中時計を持っていて、一人の女の子（年下だと思った）を率いて、収容所の前に身を潜めている。仲間を奪還するためなのか、収容所に忍び込もうとしていた。収容所には頑強な鉄格子の門も、鉄壁の扉もなく、ただ巨大な犬が一匹、開けっ広げな入り口の前で番をしている。牢獄の中から囚人服の男が一人、出入り口に向かって歩いてくると、巨大な犬は身構えた。しかし彼が入り口から入ってすぐ右にある厠《かわや》へ入ったので、脱獄の意志がないと見て、再度番に徹した。それを見た私は、巨大な犬がよそ見をしている隙に、女の子を連れて全力疾走で厠を目指した。犬は私たちに気づいたが、奥へ進むのではなく、最初から真っすぐ厠へ入ったので、牙でのお咎めをしなかった。

暫くして時を見計らい、私たちは犬に注意しながら厠を出た。収容所の探索をはじめ、どこかの部屋へ入ると、そこは看守長の事務室だった。すると突然、看守長が帰ってきて扉を開けたので、私たちは慌ててその場に隠れた（たぶん、見つかった）。

それまで理性に引き千切られるばかりだった妖怪に、豪勢なお供えをしはじめた。お供えをするということは、敬意を払っている。それは食べられるはずもなく、なくならないこともわかっている。しかし、目に見える世界と、心の世界を繋げる、橋渡しになっていた。だから妖怪は持っていってくれた。

場面が変わる。この夢は、二匹の犬といっしょに女の人を守る夢の、続きのように思われる。おそらく牢獄に囚われているのは、茂みに隠した女の人だろう。

心の世界をもてなしたい。お供えをして、大切にしたいと思うと、物理的なところと対立軸ができる。牢獄に入っている囚人は、要するに、この現実世界と合わない人。

牢獄のなかには、物理的な価値観とは合わないようなもののすべてが入っている。そこに大事なものはありそうだが、なかへ入るには、たたかっても敵いそうにない巨大な番犬がいる。

それは既成の権力とか、社会とか、常識のようなものかも知れない。助けに行きたくても、なかなか行けずに様子を見ていると、番犬はトイレに入るときだけは「どうぞ」と言わんばかりにスルーする。

トイレは番犬に、唯一「どうでもいい」と思われている。

牢獄のなかのトイレとは、現実で掃き溜めや、ゴミ溜めと呼ばれるようなところかも知れない。私が「トイレ」ではなく「厠」と表現したのは、夢のなかのイメージが洋式ではなく、汲み取り式で、まさに厠だったからだ。そのときは、そういう世界にとても興味があった。

しかし、私の目的はそこではなかった。

入口は厠だったが、そこから女の人を助けるために、牢獄を探索しはじめた。

すると牢獄のなかで、一番権威のあるものに出逢った。それは、たぶん心理学だと思う。

平成三十年　四月十二日

集団心理的に肯定しているような違和感、集団心理的に「こう信じたい」という圧を感じている。喜びを過剰に表現することで、セールスのような陳腐《ちんぷ》さになっている。テクニカルな偽善。妙な高揚感に恍惚《こうこつ》とした表情の感動体験に、自己欺瞞の胡散臭さを見ている。疑念を感じて不安定になりたくないから、好転的変化としか認めないように。喜んでいるのはわかるが、何に感動しているのかわからない。何の骨子もなく、ふわふわしている。安い、薄っぺらな平和や幸福を打ち鳴らしても、プラスチックほども響かない。それはヘリウムの風船のように、地に足が着いていない。

彼らは他人の精神をもコントロールできると思っている。その日は休日であって、たまたま化粧をしていただけなのに「笑顔も出て、心も顔色も華やかになりましたね～」

腹が立つ。私の何を知っているのか。これ以上ストレスになることが増えるなら、望まなくても死にそうだ。彼らには私の納得いく説明など、何もできない。そもそも、何を考えているのかわからない。私が胸の裡《うち》の疑問をぶつけても、彼らには答えられない。ただ、ふわふわしているだけ。自分たちが喜んでいるのはいい。だが、心については、個人個人の主観的検証が必要ではないのか。効果を押し付け、勝手に決めつけないで欲しい。

母は不安定さに耐えられない。私が不安定なことにも、自分自身や周りの環境が不安定なことにも耐えられない。だからすぐ、占いやスピリチュアルに縋《すが》る。私は小さい頃から色々なところに連れていかれた。母はそこで言われたことを鵜呑《うの》みにし、すべて言われた通りにすれば、願いが叶うと信じている。そして、言われた通りにしても、思うような結果が出ないと怒りだし、散々文句を言うとまた、違うところへ縋りにいく。その繰り返し。そこには母の責任がない。まるで主体性がない。そもそも無形なものというのは、何かしたから叶うというような、裁量労働制のようなものなのか。御利益的な偶像を崇拝している。そのうち「御神籤《おみくじ》で大吉が出たのに不幸だ」と神主に文句を言いだすのも時間の問題である。

母の付き添いで、一時期あるスピリチュアルの団体（そんなに悪いところではないと思うが、私には合わなかった）に足しげく通うことになった。

こういうことは初めてではないし、母の治療のためと言われては、無碍に断れない。

私はそこで語られる、なんというかキラキラした言葉に、ことあるごとに眉根を寄せて鼻白む態度をとった。そんな顔芸のせいで、とにかく明るい（安村ではない）人に、「娘さん、頑固でしょ」と、父と母を唸らせる慧眼を発揮させてしまった。

しかし、要するにもう少し肯定的にならなければならないことは、自覚していた。

平成三十年　四月十四日

夢　地上で戦争らしきことが起こっている。私は椅子に座り、敵兵の生皮を剥《は》いでいた。比喩ではなく、実際に素手でめくって剥いでいる。首と腕のない人間の上半身が、竹竿のようなものに吊るされており、私はその誰ともわからない背中の皮を、ささくれを剥くかのように細々とめくり続けている。皮を剥がされた人間の見た目は、赤黒い血に塗《まみ》れてショックを感じるものだった。私はいつからその作業を強いられていたのかわからない。もしくは、そのとき初めて着手したのかも知れない。めくりながら、まだ生温かい患部から鮮血が滲み出てくる様に耐え切れず、脱走は刎頸《ふんけい》の罪だったが、私は作業を放棄して逃げだした。

少し経つと、空は不気味に赤く染まり、辺りは見渡す限り血と死体と炎になっていた。死臭が鼻をつんざき、呼吸がまともにできず、最早そこは生きることのできない場所だった。

浅い湖があり、その向こう側に大きな洞窟《どうくつ》が見える。私は湖を歩いて渡り、洞窟へ入った。洞窟の中は非常に涼しく、炎も死体も何もない。生き残っていたのは、私を含めてほんの数人だった。私は小さな少年だった。私以外のみんなは何故か、古代人のような恰好《かっこう》をしていた。

暫《しばら》くすると、骸骨《しゃれこうべ》を纏《まと》った奇妙な軍隊が現れ、湖の向こう側から洞窟内へと攻めてきた。彼らはまるで大量生産された機械のごとく、同じ容姿で一糸違わぬ隊列を組み行進していた。私は命の危険を感じ、大きな岩の隙間に隠れ、さらに入り口に石を詰めて塞いだ。岩塊の中の私の前を、骸骨たちが行進していくのを感じた。私は詰めた石と石の間から槍（古代人から貰った）を突き出して、一人の身体を貫いた。しかし生命体を刺した感覚はなく、手応えはプラスチック製品を壊したときの感覚に似て無機質な感じがした。


頭もない（思考できない）、下半身もない（歩けない）、腕もない（何もできない）。

そこにあるのは、ただの人間の肉。誰でもない、顔がないから、個性もない。

主体性が死んでいる、ただの肉塊として存在している。

皮を剥いているということは、中身を出そうとしている。無理やり中の本質を見ようとしている。

しかし、それは好きでやっているのではなく、やらされている。

自分自身の内面性を、無理やりあからさまにしようとされるのが苦痛だった。

無理やりすぎて、皮をはがれる。

心の血が出る。気持ち悪くて、嫌になって逃走する。

その方法は、納得できない感じ方を強制されるようで、合わなかった。

自分だけが隠れられる精神の洞穴に逃げ込む。古代人はありのままの精神性を生きている。

みんな個性がない。死んだようなものが、行進している。そのように、外の世界が見えていた。

影響を受けないように、蓋をする。

自分を攻撃してくるもの。それが、何なのかはわからないが、精神性の槍で刺してみる。すると、生きている手ごたえがない。その感触は無機質で、まるでロボットのようだった。

精神性が逃げ込んできているということは、もうそこは、精神にとって居心地の悪い世界。もはや地上は、生きることのできない場所だと感じていた。

平成三十年　五月二十八日

夢　すべての電灯や照明の消えた暗いショッピングモールの地下一階で、私は母と共にネックウォーマーを見ている。他の客や店員たちは誰もいない。そのときの時間はわからないが、私は「もう今日の営業は終わっているんじゃないか」と思った。しかし母は周りの様子が変だとは感じていないらしく、次々とネックウォーマーのかかったハンガーを取り出して「これはどう?」「こっちはどう?」と私に尋ねた。私は既《すで》に自分の黒いネックウォーマーを持っていたので、新しいものは要らなかった。いつも鼻や口元まで包まれているので、かなり伸びてしまっているが、これがしっくりきて気に入っていた。

しかし母は何故か、私がネックウォーマーを欲しがっていると信じていた。母は一度自分の中で組み立てたものは、たとえ他人の心情であっても(その人しか知り得ないことであっても)その通りにならないと気が済まない、困った癖があるので、私は「ネックウォーマーなんて要らない」とは言えなかった。こういうときは大人しく従って、適当なものを一つ買って貰うしかないが、母が次々に手に取って渡してくるものは、私の趣味に合わなかった。

母は買った服や道具などを、私が暫く着たり使ったりしていないと「あんたなんかに買うんじゃなかった」「あんたのために、もうお金は使わない」「あんた一人に、どれだけお金がかかると思ってるの」と不機嫌になるので、たとえ自分が欲しがったものでなくても、少なくとも今年と来年の冬はずっと着用しなくてはならない。

そのことを考えると、多少は我慢ができるものにして欲しい。自分で妥協できる商品を探してみても、ここにはどうしても好みではない柄やデザインばかりだった(派手なものが多かった)。だから当然、母が選んで渡してくるものも私の趣味には合わなかった。

母は私がなかなか決められないことに業を煮やし、「もう早く決めてよ! あんたと違って暇じゃないんだからね! 忙しいのに、あんたのために来てあげたんだから早くして!」というようなことを、大声で叫んだ。母と買い物に行くと、何かしらのことでこうなるし、言ってしまえば「あんたのために」と言われても、別に私はネックウォーマーが欲しくないだけでなく、今日は家で勉強がしたかった。明日までの宿題が、信じられないほどたくさん出されていた。そうでないにしても、心が穏やかでいられなくなるから、そもそも母と買い物になんて来たくなかった。もし行く前に断ろうものなら、「私の厚意を無下《むげ》にするのか」と不機嫌になったに違いない。母の中ではもう、私がネックウォーマーが欲しくてたまらないことになっているのだ。その後、母は何かの黒い動物になって、周りの商品棚やショーケースを破壊しながら、どこかへ走っていった。

母は、相手のニーズを勝手に決めてしまうことがあった。人のためにどれだけ一生懸命やっても、それが相手のニーズでなければ、自己満足になってしまう。

それを後から、自分が我慢したからといって「こんなにやってあげてるのに！」と怒りを顕わにされても、こちらは頼んでもいなければ望んでもいない。

愛しているから。こんなに頑張って愛したから、「こうなって欲しい」「こういう反応が返ってきて欲しい」と期待する。しかし思い通りの結果や反応が返ってこないと、「こんなにやってあげてるのに！」と怒りを爆発させる。そこで感情にまかせて追撃のように要らないことを言うから、自分がしてきた＋のことも、－にしてしまう。だが、思ってもないことは言わないほうがいい。

本当に伝えたかった愛が、永遠に伝わらないこともあるからだ。

どんな親も限界のある中で、必死に子どもを愛そうともがいている。

幼い子どもにとって、親は絶対的な存在だ。子どもは無意識に、親が無条件に自分を愛してくれる存在だと信じている。だから、そこに愛を感じられないことに傷つく。だが親も自分と同じ、ただの人間に過ぎない。子どもとしてではなく、人間として親の人生を俯瞰し、そう在らざるを得なかった理由を見る視点も必要かも知れない。いい意味で、早く親を諦めたほうがいい。動物の親は、子どもを追い立てる。

平成三十年　六月十四日

夢　私は小学校や中学校の同級生たちと学校の行事で（中津川かどこかの）キャンプ地へ来ている。左側は鬱蒼《うっそう》とした森で、右側には川が流れている。私たちはその間の芝生のような少し開けた場所で夕食をとることになった。野外なのに、なぜか教室にあるような机と椅子が乱立しており、私はその一席に座った。
自由時間になると、みんなは談笑する人、一人でスマホをいじる人、本を読む人、ハンドボールをして遊ぶ人に分かれた。ハンドボールをしている人だけが立っていて、それ以外の人は座っていた。ハンドボールをする人たちは、コートのスペースを確保するために机や椅子を端へ寄せた。私は本を読んでいたが、椅子もひけないほど身動きが困難だった。ボールが何度か机の密集している方へ転がってきて、その度にKという男の子がボールを取りに来ていた。

何時間か経って、空は真っ暗になった。Kがこれで何度目かのボールを取りに来たとき。彼は私を睨んだかと思うと、いきなり「てめえ、ふざけんじゃねぇぞ」と恐ろしく冷めた口調で言った。声色や表情から、本気で怒っていることが窺《うかが》える。しかし私は、なぜ自分が怒られているのか理解できなかった。彼はありったけ罵詈雑言《ばりぞうごん》を浴びせてきたが、どうやら私が、転がったボールを取ってあげなかったことを怒っているらしい。

けれど、こちら側（机の密集している側）に居たのは私だけではないし、足元など近いところに転がって来たならともかく、毎回ボールが入り込んだのは私の席から遠い場所だった。最終的に彼は、思い切り私にボールを投げつけて、さらに身体に当たったことで跳ね返ったボールを、私目がけて思い切り蹴り上げた。それを二、三度繰り返した後、まだ気が収まらないといった様子で罵《ののし》って、睨みつけながら去っていった。

学校の中で私は、外向的な人たちの活動の幅は広く取られ、内向的な人たちは肩身の狭い思いをしていると感じていた。さらに私は、彼らから攻撃的にボールを投げつけられていると感じていた。しかし外の世界は、何度もボールをこちらへ転がしてくれていた。私がどんな風であっても、閉じ籠もっても、関わりを持とうとしてくれていた。せっかくボールを転がしてくれたのに、私はそれを受取って返そうとしなかった。キャッチボールを、しようとしなかった。

平成三十年　六月二十日

夢　銭湯のようなところでシャワーを浴びている。狭い銭湯の中はとても汚く、バスタブや壁のタイルは水垢《みずあか》とカビだらけだった。シャワーのヘッドや蛇口にはフサフサと長い藻《も》や苔《こけ》が生えている。暫く浴びていると、次第に浴室は水に溢れ、流れが速くて前の見えない川に変わった。私は流されているのか、抗って泳いでいるのか、わからない。

ただ、顔が流れとは反対の向きを向いていたので、物凄い勢いで流れてくる水草や木片や何やらが、次々と容赦なく眼前に迫ってくる。口の中に流れてきた水草がたくさん入ってしまい、気持ち悪い。

川の流れに抗っていた。情報に氾濫した濁流に、流されまいと踏ん張っていた。

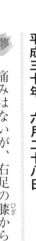

平成三十年　六月二十八日

夢　痛みはないが、右足の膝《ひざ》から太腿《もも》にかけてが、シナモンロールの最外壁がめくれたような感じで、きれいに割れている。断面には肉や血のようなものは見えず、外側の皮膚と同じ色をしていた。自分の足ではあるが、「怪我」というより無機質に「壊れた」「割れた」という感覚で、まるで密度の小さい、軽い白木が割れたかのようだった。

眼の前にY先生がいる。Y先生は私に「どうしたの？」と尋ね、私は「膝から太腿にかけてが割れました」と答えた。私はそのとき、遠くの方で遊んでいた赤いコートを纏った四、五歳の女の子が目に入り、その子を見ながら言っていた。そのため、Y先生は「その子の膝から太腿にかけてが割れた」のだと思った。するとY先生は驚くほど速いスピードで女の子の傍《そば》へ駆けつけて「大丈夫？」と訊いた。すると女の子は「先生とお母さんに虐められた」というような、明確になんと言ったのかわからないが、学校の虐めと家庭内暴力を感じさせる主旨のことを語った。Y先生は教会の談話室に連れていき、彼女のカウンセリングを始めた。
私はそれを隣に立って見ていた。一時間経って、本来私のカウンセリングが行われるはずだった時間は、なぜか見知らぬ女の子に使われてしまうという形で終わった。私はお金だけ払って教会を後にした。

Y先生は、カウンセリングの先生だった。

女の子が自分だということを、私はこの夢を書いていても、まったく気づかなかった。カウンセリングが終わって暫くして、読み返すうちに、やっと気づいた。自分はいじめられているとも、家庭内暴力を受けているとも思ったことはないし、今も思っていない。女の子も明確にそう言ったわけではなく、夢を見ていた私が客観的にその子のイメージを覗いて、そう表現しただけだった。女の子のカウンセリング代を払うとき、私は悲しい気持ちがしていた。先生は「今」の自分ではなく、幼い頃の自分を相手にしている。確かに、その子は傷ついていて、癒してあげなければならないかも知れないが、足が割れて歩けなくなっているのは、「今」の私なのに。

先生は、夢を書いて持っていっても、夢とはまったく関係のない話をされることが多かった。訊かれたことに、なるべく正確に答えようと頑張った返答にも、ほとんど無視する形で別の話題を振られることもあった。私はそれに内心ちょっと腹を立てながら、それがどういう意味なのか、何を意図して言われたのかを、なんとなく頭の片隅において考えていた。いつもモヤモヤした気分でカウンセリングルームを後にするが、ずっと考えていると、次第にその意味がわかってくることがあった。

先生のことを想いだすと、あたたかい気持ちになる。

先生はずっと、私ではない、無意識に語りかけてくれていた。

平成三十年　七月一日

夢　夜。真っ暗な中、屋外テラスのような場所に横長のテーブルがあり、左から母、父、従兄弟《いとこ》、従兄弟の父、の順に私の向かい側に座っている。それぞれの前には空の透明なコップが置かれていて、私は小さなシャボン玉のようなお菓子の入った瓶《びん》を持っていた。

瓶からお菓子を取り出し、従兄弟の父、従兄弟、父、母の順に一個ずつコップの中へ入れていく。母のコップに入れようとしたとき、既に母は居なかった。父はその後すぐに退席した。

暫くの間、私は従兄弟と従兄弟の父と三人で夜風に当たりながら、谷川のせせらぐ音を聴いていた。従兄弟は時折席を立って手摺り越しに眼下の川を眺めながら、何か非常に大人びたことを言った。

家でも学校でも、誰にも理解されないかのようで、誰にも愛されていないかのようで、孤独でつらかった。学校は肌に合わなかった。人からの風当たりは依然と厳しく感じられたが、それ以上に、自分の自己嫌悪で今にも滅びそうだった。誰かにこの苦しみを「理解して欲しい」と思っていた。

淡い色のついた、きれいなシャボン玉のようなお菓子を入れて、そのことに気づいて欲しかった。透明なお菓子は愛よりも、魂のようなものだった。しかし、誰も私がたましいをすり減らしていることに気づいてはくれなかった。母は、気づくよりも前にいなくなってしまった。本当は、愛されることも期待していなかったのかも知れない。自分はこういうことをしないと、愛される価値もない存在だと感じていた。

従兄弟の父は理性的な、規則やルールに厳しい印象だ。私は理性的に、今、自分がどうすればいいのかを考えていた。谷川（私）を高いところから俯瞰していた。膝が割れているので、誰かを助けようとしても転んでしまう。まずは自分を癒さなければならない。自分がたましいをすり減らしても得られないものを、得ている人がいる。何も考えずに遊んでいるような彼ですら、大人びて見える。愛されたい自分が、幼く映る。「自分の一番大切なものを誰かにあげる」とかではなく、もっと楽に生きてもいい。わかっているつもりでも、指さきは自然なふるまいを知らなくて、外に出ると陸にあげられた深海魚のように、形を保てなくなった。

平成三十年　七月十三日

夢　高校へ行くと、中学時代の同級生がいた。男の子たちが、廊下にレジャーシートを敷いて昼食をとっている。「一緒にどう?」と言って、レジャーシートの真ん中に座るよう言われたが、私をからかっているのが明らかで、嫌な気分になったので丁重にお断りした。

私も昼食をとろうと思い、そこから一番近い教室に入る。普通は一つの机に対して椅子は一脚のはずが、その教室は異様なことに椅子の数が机の数を著しく上まわり、何脚も重ねて置かれている。そのため、教室の中は非常に入り組んで動きにくく、入りづらかった。

疎《まば》らに人が座っているので、どこに座ればいいか迷ったが、結局二人の女性（生徒ではなく、外部から来た講師だと思った）が並んで座っている斜め右前の席に腰を下ろした。すると先生が入ってきて、その教室の授業が始まってしまった。

私はその授業を取っていないし、おそらく別の学年だから不味いと思ったが、タイミングがわからず出るに出られなかった。授業は講義というより、学校が独自に行っているプロジェクトの会議といった雰囲気だった。

先生は「海底で珊瑚《さんご》が次々に膨張して破裂していくという異常現象が起きており、その解決策を考えて欲しい」というようなことを言い、A4の真っ白な紙を生徒たちに配った。

先生は「珊瑚」と言っているが、その容姿はまるで珊瑚ではなく、最初に出てきたイメージはアノマロカリスに似ていて、それが海底にへばりついていた。これが「珊瑚」なのだが、アノマロカリスは次第にウーパールーパーに近いイメージになって、膨張すると、次々に破裂して死んでいった。

二人の女性講師が前へ出てきて、そのうちの一人が先生に向かい「なぜ、しかるべき機関や団体に報告しなかったのか」と半ば憤って問い詰めた。なんと言っていたのかわからないが、先生はそれに対し、言い訳めいた弁明をしていた。夢は全体的に非常に長く、細かい描写が多くあったが、二人の女性講師のうち一人のよく発言している方の女性は、とても厭世《えんせい》的な人物だと感じた。彼女は私の席の前を通り、机上の紙を見ると、それを手に取って「なんでこんなことを書ける子がここに居るのかわからない」というようなことを言った。なんにせよ、褒められたようなので嬉しかった。

珊瑚は、海の宝石と呼ばれる、海のなかに耀く大切なもの。

私の心の海底にある珊瑚は、次々に破裂して死んでしまっていた。

精神世界に興味があった。その根底にある、貴重なもの。生命の本質に、関心があった。

「珊瑚」は、原初の古代生物から、ウーパールーパーみたいなものになっていった。

それは、進化のようなものだ。

海のなかに深く潜りこんでいくと、結局はそこに辿り着く。

私は心の奥深くで、自分自身の命さえも、意味のない無機質なものに感じていた。

だから「珊瑚」は、爆発して、消滅していっている。

理性では、それが限界だった。

「どういうことなの?」と疑問を投げかけたところに、私がナニカを書いた。

二人の女性講師は、理性とたましい。たましいは、理性に対して一言も喋れない。

理性の分野、科学の分野の世界に、たましいは介入できない。だから、もう一方の女性講師はただそこに存在しているだけで、発言していないし、イメージもあまりない。

教室で配られた紙は、枠も斜線も何もない、真っ白な紙だった。

私はそこに何を書いたのか、わからない。白紙だったのではないかと思う。女性が「なんでこんなことを書ける子が、ここに居るのかわからない」と言ったのは、そこに何も書かれていなかった(理性や言葉で表現されないものだった)からかも知れない。

平成三十年　八月十四日

夢　雨が降っている。私は名古屋駅へ行こうと傘をさして家を出た。すると途中、上半身が裸の状態で外出していたことに気づいた。それは見知らぬ茶色いマンションの前だったので、咄嗟《とっさ》にそこの駐車場に隠れた。しかし、傘をさすことによって他人に自分の上半身が見えていないことを知り、服を着るためにそのまま歩いて家へ戻った。

人のなかに出ようとして、自分の外面的なところを着替えようとしていた。しかし、まだ表現の仕方がよく定まっていない。裸のまま外を歩くことはできないので、また傘をさしていた。

平成三十年　八月三十一日

母が亡くなった。一年前に祖母が亡くなったばかりだった。この六日後の九月六日に、祖父も亡くなった。親戚に、椿神社へお祓いに連れていかれた。

平成三十年　九月九日

夢

空港の中のようなところで辛子色の服を着た母が笑顔で手を振っている。待ち合わせを（私と）していたように見えた。その後どこへ行ったのかはわからないが、夢を見た後、そういえば母と金沢の文学館を周りたいね、と話していたことを想いだした。

平成三十年　九月十一日

夢

小学校の階段を降りていくと、下の階でNちゃんが少し浮かれたように、大声で歌いながらスキップして教室に向かっていた。Nちゃんは体操服を着ていて、私が教室の中へ入ると、私以外の生徒はみんな体操服を着ていた。一時間目は体育だったのかも知れないと焦ったが、やはりそんな筈《はず》はなかった。黒板に貼り紙があって、何かのモデルとして写真を撮られる生徒の名前が、ずらりと記載されていた。私はそれを一瞥《いちべつ》しただけであったが、自分の名前だけないことがすぐにわかった。写真を撮られる子たちが体操服を着ているのだと知った。自分の名前が載っていなくて、よかったと思った。場面が変わる。

広大な湖の真ん中に丸い陸地があり、それを覆いつくすように根を絡ませて巨大な木が一本聳《そび》えていた。幹や地面から覗く根まで萌木のように若々しい薄緑色をしており、幻想的な壮観だった。感動して眺めていると、突然巨大な木の周りは雪山のような景色に変わり、地割れや雪崩《なだれ》が起こった。そこに一匹のライオンの赤ちゃんが、雪に埋もれそうになりながら逃げ喘《あえ》いでいた。見ていた人々は私もふくめてヒヤヒヤしながら応援していたが、後ろから迫りくる雪崩から逃げる先で地割れが発生し、必死に足掻《あが》いた末に、ライオンの赤ちゃんは大地の割れ目の深淵《しんえん》へ落下してしまった。私は何とも言えない気持ちになっていたが、ふいに目の前に知らない男が現れて、さきほど地割れに巻き込まれたライオンの赤ちゃんはロボットだと言った。男の足元には無惨に壊れ、導線やら細かい部品やらがはみ出た、先程のライオンの赤ちゃんが落ちている。男はロボットを本物だと勘違いして心配する人々を面白がっていた。

私は自転車に乗って、外国（西欧）のような大通りを真っすぐ走っていた。しかし、気がつくと何故かスターバックスの店の中を自転車で走っていた。店内にはお客さんがたくさん入っていて視線が痛く、逃げるように階段やテーブルを突っ切って走った。店を出るとそのまま思い出したかのように、大学のような建物まで自転車を漕いでいき、中へ入った。教室に入ると、白衣を着た眼鏡の男性がいた。彼が先生であり、先程会った「ライオンの赤ちゃんはロボットである」と言った男を嫌悪しており、摘発することに熱を上げているらしい。彼は何故か私のことを過大評価しているようで、他にもたくさん生徒がいる中、私にばかり質問してきた。しかし、私がそれらに対してうまく答えることができなかったため、半ば失望したような顔をした。ロボットと生物の違いについて語っていた。


こちら側の陸とは繋がっていない、まわりを水で閉ざされたところに、ライオンの赤ちゃんはいる。

黒板の貼り紙に自分だけ名前がなくて、本当なら、何らかの疎外感を感じてもいいはずが、私はラッキーだと思った。同級生たちと、関わりたいと思っていなかった。

あの子たちはあの子たち、自分は自分の世界。

というように、その陸地は繋がっていなかった。

まわりの子たちと、自分との間には、大地が引き裂かれるようなギャップを感じていた。

アノマロカリスの夢のときも、私はレジャーシートでわいわい楽しんでいる生徒たちの誘いを、丁寧に断っている。一見、それはそれでよさそうに思えるが、本当は、そこに闇があるのではないか。

だからライオンの赤ちゃんは、大地の裂け目へ落ちていった。

巨大な木は、地下に太く膨大な根っこが張られている。その根は、おそらく海底の奥深くまで続いている。

このときは自分の力で、巨大な木の根がいきつく先を、理性的に辿ろうとしていた。自転車は、電車やバスなどの公共交通機関と比べると、自分でコントロールができて、小まわりもきく。

自分が主体的に動いているときは他人のことが気にならないが、たまに休憩したくなり、みんながとまって休んでいる空間のなかに自分のコントロールで入ってしまうと、急に自分のやっていることと他人のやっていることに違和感を覚えたり、まわりの視線が気になったりしてしまう。

担任の先生は、私の答えに期待はずれのような顔をした。

先生が期待していたのは、巨大な木のある陸地と、こちら側の陸地が繋がっていて、こちら側にいるライオンだったのかも知れない。深海に張り巡る木の根を辿った先は、陸地に続いている。

見知らぬ男は、ライオンの赤ちゃんをロボットだと言う。

そういう人はたくさんいるけれど、陸地の木の臨場感がない、傍観者たちはそれを信じてしまう。

先生は、それが悔しかった。琵琶湖のような湖で隔っていなければ、「本当に木があるよ」と伝えることができるかも知れないが、湖の上の陸地は小さく、橋さえ渡っていない。

ロボットと生命の違いというのは、本源的な存在価値への問いに繋がる。

この世に生まれてきたことが、ただの意味のない偶然なら、息をしていることさえも虚しい。

家族も、意味のないただの偶然で、親は親という義務感で育ててくれている。子どもは、自分でなくてもよかった。その他の人間関係も、すべての体験、すべての物ごとが、虚無的に思えてくる。

この夢の少し前（アノマロカリスの夢のとき）、Y先生に突然「ダーウィンの進化論って、間違ってるよね」

と言われた。本当に唐突な言葉だったので、意味がわからなかった。

会話としても、噛み合っていない。そのときは特に調べもしなかったが、この言葉が、なんとなく頭の片隅に、小骨のように引っかかっていた。そして大学で京都に下宿するのを機に、Y先生のカウンセリングが終わった。そして二年ほど経って、折よく、中立進化のことを知った。

私にとって、これはとても大切な問題だったので、ここで小さく次の項をはさみたい。

『たましいのありか』

私たちの存在は、なんでしょうか。

生まれてきた意味は、本当にないのでしょうか。

感情は電気信号――昔は神が人間の心まで支配していると信じられていたように、今は物理法則という神が、感情まで支配していると信じられています。

確かに感情は電気信号として検知されます。

しかし、それは科学が、そのように検知しただけのことです。

そもそも科学は、なぜ正しいとされるのでしょう。それは、人類に共通する五感を担保に正しいとされます。

仮説を立て、実験をして、その結果を五感で検証しあうことによって「正しい」とされます。

しかし五感は、物理法則のなかにあるものしか感知できません。

よって科学も、物理法則のなかにあるものしか検知できないのです。

岡潔との対談（小林秀雄　岡潔『人間の建設』新潮社）で小林秀雄が言っているように、『科学は何を語って、何を語らないか』というのが、とても大切だと思います。

科学的な事実だけが正しいとして生きることが、悪いことではありません。

しかし物理法則だけの世界は、利他的精神が0の世界です。

たとえ人に優しくされても、物理法則の世界では、それは「集団生活で生きるためのプログラム（本能）だから」とか「プログラムの達成目的のため（自己利益のため）」ということになってしまいます。

たとえばコンピューターに、「この会社を大きくする」というプログラムを設定したとします。それだけでは、コンピューターは「この会社を大きくする」ために、必要であれば他の企業をつぶし、人だって殺します。他人の利益になること（優しいこと）をしたとしても、それは「この会社を大きくする」という目的達成のためです。

そこに利他的精神、つまり倫理を与えられるのは、倫理を持った人間だけです。ですから、人間に倫理がなかったら、必然的にコンピューターも倫理を持ちません。

しかし、今の物理法則がすべてとなった社会（科学至上主義）では、人間すら本来的に倫理なんてものを持たない「プログラム」に過ぎないことになっているのです。

なぜなら人間の本質は、物理法則という神がつくった「生きるためのプログラム（本能）」だから。善悪の概念や倫理観なるものは、人間が形成した社会で安全に「生きるためのプログラム」、人が人に優しくするのは、集団生活で円滑に「生きるためのプログラム」、恋におちるのも、人が人を愛するのも、子孫を増やすため、人間という種が「生きるためのプログラム」。

「宇宙の物理法則によって生まれたことに意味なんてないし、生き残るためだけに書かれたプログラムを生きているのだから、自分の利益のみを追求していればいい」「本当は別に、人を殺したっていい。善とか悪とか、それに付随するルールとか、集団生活でみんなが安全に生きたいという、それぞれの自己利益を叶えるために、ただの人間の社会が決めたことだから」。

そして、「人間はその気になったら、人間もつくれる」と、彼らは考えています。

たしかに、人間が本当に物理法則に支配された存在で、感情やたましいと呼ばれるものまで物質なら、人間は人間をつくれます。それも、一からつくれます。なぜなら人間は物理法則を知ることができるからです。物理法則を知っているということは、物理法則だけでできた人間をつくれるということです。

でも、本当に、そうでしょうか。人間は、物質だけの存在でしょうか。

おそらく、多くの人は感覚的に「そうではない」と思っているはずです。

しかし、何らかの予期しないバグや偶然があって、AIに自由意志が芽生えるのではないかと、考えているのではないでしょうか。

その発想を、もう一度よく考えてみてください。その発想が既に、人間の感情は物理法則のものではないと言っていませんか。その発想はまるで、科学では検知できない力があって、人間（物理法則）の外側から、何らかの力が加わっているというような発想ではないでしょうか。

宇宙のなかで、人間は生まれました。人間が人間をつくれるということは、人間が宇宙と同じ仕組みだと考えているということです。つまり、宇宙も物理法則だけの存在と考えているということです。

しかし、こんなにも美しい動物たちや、壮大な自然や、それらを愛でることのできる人間が、長い時間をかけ、生命を育むのにこれ以上ない理想的な環境をととのえた地球に、こんなにも都合よく生まれたということは、確率的にいっても、偶然とは思えないような偶然です。

このような、できすぎた偶然を、人々はキセキと呼びます。

そこには、なんのレシピも、「こういうのをつくりたい」という感情も意図も、何もありません。なんの意図もなく、冷蔵庫のカオスから適当に食材を取りだし、なんの意図もなく適当に調理して、はたしてフランス料理のフルコースができるでしょうか。

できすぎた偶然の例として、よく知られているニュートンの逸話があります。ニュートンの家にあった太陽系の精巧な模型を、科学者の友人が見つけ、「これは誰がつくったのか」とニュートンに聞きます。ニュートンはこの友人に、「いろいろな物が勝手に集まって、偶然できた」と答えます。友人は、「こんな精巧なものが勝手にできるはずがない」と反論しました。

それに対し、ニュートンはこのように言ったといいます。

「これは、太陽系を模して作った模型だが、太陽系の法則は、君も知っているはずだ。それを真似て作ったこの模型が、設計者も製作者もなく、偶然できたと言っても、君は信じない。ところが君は、この元になった本物の太陽系が、設計者も製作者もなく偶然できたと言う。なぜ、そんな統一性を欠いた結論になるのか説明してくれないか」

ここで言及しておきたいのが、ダーウィニズムです。今や当然のこととして受け入れられているダーウィンの進化論ですが、これは科学というには不可解な点を多く残すものです。

ダーウィンの進化論は、進化を「自然淘汰」で説明します。「遺伝子異常で環境に適応したものが生き残り、他は淘汰されることで進化する」と言うのです。

はじめは海にしかいなかった生物が、進化して陸にあがったのは「その種は海のなかに敵が多くなり、海で生きるのが難しくなった。はじめに陸にあがった個体がいて、それらが生き残り、他は淘汰されることで進化した」と、だいたいこのように言います。

しかし古代魚ガンギエイは、陸上進化をとげず海を泳いでいるのに、既に足になる遺伝子を持っていたそうです（科学誌『Cell』2018.2.8 の論文による）。

古代魚は陸を知らないのに、なぜ足になる遺伝子を持っていたのでしょうか。それに対し、ダーウィンの進化論は「自然淘汰」という万能の説をおし通すか、「生命の神秘」と言って片づけます。

遺伝子は情報です。地球上のすべての生命の遺伝子は、完璧なプログラムによってできています。このプログラムが完璧であるからこそ、生命は生きていられるのです。

プログラマーが、あるプログラムをつくったとします。それが古くなったので、新しいバージョンに進化させようとします。そのとき、何も考えずに適当にソースを書き変えると、無論、いたるところでバグが起こります。このように、正常に機能しているプログラム（遺伝子）がなんの意思もなく「偶然」書き変えられたとき、普通はバージョンがあがるどころか、重大なバグが発生するのです。進化するどころか、退化していき、それこそ自然淘汰されます。なんの問題もなくバージョンアップすることはありえません。

普通は古いプログラムのコメント欄に、新しくバージョンアップするソースを書いておきます。そして、古いプログラムをコメントインしていくと、新しくプログラムがコメントアウトして変わっていきます。それでも、ふつうはプログラム異常が起こるので、環境テストをしながら進めます。プログラマーが「こういうふうにしたい」と思って書いていても、バグが起ります。環境テストも何もなく、いきあたりばったりの偶然で、正常にプログラムが機能することはありえません。

何かのタイミングで、プログラムがコメントアウトして消えて、既に書かれてコメントアウトしていた中立遺伝子が、急にコメントが外れたように動きだし、進化が起こる。これが中立進化です。

進化発生生物学（エボデボ）は、さまざまな生物の発生メカニズムを調べて、ミレアム境界の頃、多くの驚くべき発見がエボデボ革命と呼ばれました。その発見とは、全生物種の遺伝子がほとんど同じであること、その遺伝子はカンブリア大爆発以前に完成していたという事実です。五億数千万年前のカンブリア紀に突然、ほぼすべての生物門の祖先型が出現しました。それ以前の単細胞生物しかいなかった頃、必要な遺伝子は既に存在したのです。マウスとヒトの遺伝子はどちらも約二万五千個で、並び方もほぼ同じです。多細胞となるために必要な遺伝子（ＰＴＫ）は九億年前には既に存在しました。

ダーウィンの進化論が言っていることは、プログラマーが何も考えずに、適当に書いたソースが、偶然バージョンアップしたプログラムになるということです。

さきほど、宇宙から美しい地球の自然と、動物と、人間が生まれたことを『冷蔵庫のなかのカオスから、なんの意図もなく、フランス料理のフルコースができるような偶然』と言いましたが、それと同じです。

そこには、なんのレシピも、「こういうのをつくりたい」という意思も、何もありません。「こういうのをつくりたい」と思って書かれた中立遺伝子の情報なくして、ただの偶然で、すべての進化が上手くいくでしょうか。ふつう、適当なプログラムの書きかえ（遺伝子異常）はバグしか起こりません。これをなんでも「生命の神秘」として片づけ、未来の研究成果にゆだねる進化論は、科学とは言えません。

ＤＮＡもそうですが、私たちは情報です。

情報がそこにあらわれるということは、発信元があります。この世界は、すべて偶然です。

偶然だからこそ、意味があるのです。

人間の１グラムには太陽の１グラムより５０００倍から１００００倍も大きなエネルギーが流れている。（デ

ヴィッド・クリスチャン　シンシア・ストークス・ブラウン　クレイグ・ベンジャミン『ビッグヒストリー』明石書店）

昔、インディアンには教育なんてものはなかった。本からも、学校の先生からも、学ぶことはできなかった。けれど、インディアンの知恵と知識のすべては、夢のなかにやってきた。そして、夢にあらわれたものを、現実のなかで試してみた。こういうやり方で、インディアンは自分に秘められた力を学んできたんじゃ。（『それでもあなたの道を行け』めるくまーる（出版社）ジョセフ・ブルチャック）

平成三十年　九月十二日

夢　京都か何処《どこ》かの田舎へ来ていて、古い情緒ある家屋を探している。すると深くて暗い鬱蒼とした森の中に、大きな茅葺《かやぶ》き屋根の廃墟を見つけた。廃墟にはかつての生活の跡が遺り、独特の趣きがあった。中を探索していると、畳の上に色褪せた花札の箱を発見した。

私は見るからに古い花札の箱に歓喜し、畳の上に花札を並べて眺めて遊んだ。しかし日が沈んだ頃、手や腕が非常に痒《かゆ》くなり、あの花札にはダニか何かが発生していたのかも知れないと思った。患部を見ると、青い発疹《ほっしん》が無数にできており、その毒々しい青さ（ヤドクガエルや毒キノコのような）に驚愕した。

場面が変わり、私は夜の道路を歩いていた。辺りに人はおらず、たくさんの雪が降っていた。雪はパウダースノーではなく、水分を多く含んだ氷に近いものだったので、踏み固めながら歩いた。暫くすると、十字路の左側から小さな女の子が自転車を漕いでいてスリップし、転倒してしまった。すると再度場面は変わり、転倒した女の子は、三輪車の男の子になっていた。すると転倒した場所の正面にある家から、男の子のお爺さんらしき男性が出てきて、男の子を抱きかかえると、家の中へ入ってしまった。私は倒れた三輪車を起こし、男の子の家の塀に立てかけるようにして置いておいた。

場面が変わり、私は男の子の家の真向かいの長屋のような家に住んでいた。その家で私は男の子に何度も目覚まし時計を盗まれてしまっていた。ある日、私がどこからか帰ってくると、男の子の母親が私の家の前に立っていた。母親は見たことのない、金色の値の張りそうな目覚まし時計を手に、男の子がまた時計を盗んだことを謝罪した。私は「こちらこそ申し訳ありません。今度は盗まれないようにします」と言った。

男の子の母親は私に、「いつものデジタル時計ではなく、少し高価な目覚まし時計を与えれば、息子がもう盗みに来ることはないだろうと考えて、あなた（私）が態《わざ》と盗ませた」というようなことを言った。私は身に覚えがなかったが、「ああ、そうなのか」と思っていた。母親は「受け取ることはできない」と言って時計を私に返そうとした。

古いものが好き。ときをこえて、生と死のあわいに、過去を生きた人々の、さやかな温もりを聴くから。昔を想い、彼らの息づかいに耳をすます営みは、いつも心を癒してくれる。でも、それが本当に普遍的なものなのか、本当に必要なものなのか、本質の見極めは必要だ。

時代も文化も、生活も、流動可動に移ろいゆくもの。それは守るべき古ではなく、カビやダニが発生している、捨てゆくべき過去なのかも知れない。

スリップして転倒した過去が、目醒めて活動する時間を盗む。

向かいの家の子に、自分の時間を与え過ぎていた。

平成三十年　十月十一日

夢　父に「出かける」と言って家を出た。

外は深夜で、真っ暗だった。最初は部活か、バイトかわからないが、明確に行き先（行かなければならない時間が決まっている場所）があって出かけたはずだった。しかし、急に「何かを買いたい」と思いつき、タクシーに乗った。何時間も走ってから、男性の運転手が今更ながら「どこへ行きますか」と訊いた。私はそのとき初めて、行き先がないのにタクシーに乗っていたことに気づいた。行き先のないまま、暫く乗っていると、いつのまにか運転手は女性に変わっていた。女性はなぜか山奥の古い旅館のような場所にタクシーを停め、私を旅館のなかへ連れていった。タクシーに戻ると、女性運転手は「家具屋には家具だけでなく、絵画などの芸術品や音楽が売っている」と言った。

私は家具屋へ行くことにした。タクシーで向かっている途中、目が醒めた。

男性の運転手に乗せられているときは、目的や時間が決まっている場所へ行こうとしている。家具から連想されるものは、箪笥やラック、机など、いずれも四角く、引き出しなどで持ち物を整理整頓する、理性的なもの。一方、女性の運転手につれていかれたのは、山奥の古い旅館。

そして、家具屋には家具だけではなく、絵画や音楽などの芸術もあるという。二つの世界が調和した、新しい部屋をデザインしようとしているのかも知れない。

平成三十年　十月二十三日

夢　商店街のような通りを、私は歳上の男と、歳下の女と、三人で歩いている（どちらも知らない人）。異様なことに、その商店街に入っている店はすべて薬局で、薬局以外は何もなかった。私たちは商店街を突き当りまで歩いていった。するとそこに、商店街の中で一番大きな薬局（たくさんの階がある）があり、男を先頭に中へ入っていった。男は真っ先にレジへ向かって、ポケットから鍵《かぎ》を出し、「合鍵を作りたい」と言った。店員は男に「合鍵を作る店は六階の夢の階の奥にあります」と言った。私たちはエレベーターで六階へ向かった。

夢が、牢獄に囚われた女の人を助ける鍵になると思った。

平成三十年　十一月十三日

夢　私はたくさんの荷物を持ちながら母とタクシーに乗っている。母は非常に眠くて仕方ないのに図書館へ向かう私を送るために同行してくれたらしく、隣で船を漕いでいた。時折微かに眼を醒ますと、寝言のような声で「眠くて何もできない」と言うので、私は「大丈夫だよ。一人でよかったのに、ついて来てくれてありがとう」と言った。暫く乗っていると、タクシーが停まり、相乗りしていた（それまで私は気づかなかった）老年の女性が運賃を払ってタクシーを降りた。そこが図書館であることを知り、私も彼女に続いてタクシーを降りると、図書館へ続く階段を登り始めた（夢の中では図書館ということになっていたが、タクシーの停まったそこはアパートの前であり、図書館へ向かう階段は駐車場から直接祖父母宅のベランダへ通じている階段だった）。一緒に降りた老年の女性は、図書館で降りたが目的地は異なるらしく、杖をついてどこかへ行ってしまった。ふいに私たちを乗せていた運転手が呼び止めたので、私は登りかけていた階段を降りてタクシーへ戻った。

するとにこやかに、私が荷物（リュックサックと二つの手提げ）を車内に忘れていったことを指摘した。私は母に感謝して荷物を受け取ると、再度階段を上り、図書館へ入った。

図書館の中には、私以外に誰もいなかった。私は書架に読んだことのある本が並んでいるのを見て、自分に確認させる形で一冊ずつ声に出して内容やあらすじを簡潔に説明していった。だいたいの内容を覚えていたことに満足して振り向くと、私以外無人だと思っていた図書館には何人か人が居たことを知り、一人で喋っていたのを聞かれて非常に恥ずかしくなった。逃げるように少し奥まった書架の影に入ると、その棚には見たこともない淡い薄緑色で美しく、見事な装丁の本がたくさん並んでいた。私はその中の一冊を手に取ったが、ページは表紙と同じ色をした和紙か羊皮紙で、文字は一つも書かれていなかった。


図書館はインプットするところだが、私はアウトプットしようとしている。

本屋さんで表紙も中身も、何も書かれていない本が売っているが、そのような感じで、これは自分で書くもの。手に取った人が、書く本なのだと思った。

平成三十年　十一月十六日

夢　古代アンデス地方のミイラ（しかし人間のミイラであるが、両手に収まるほど小さい）を私は所有していて、それが収められている木箱の蓋《ふた》（スライドして開けるタイプ）を開けようとするが、半分以上開いたところで、なんだか恐ろしく感じて閉じてしまう。すると、いつの間にか小指くらいの大きさのミイラが掌に乗っていて、私はそれを指の腹で撫でた。

パンドラが箱を開けなくても、闇はあった。死は箱のなかに入っているとき、それがどんなものか見えず、恐ろしく思う。しかし今は、死というものが掌に収まり、撫でるような身近なものになっている。

平成三十年　十二月五日

夢　私は母と叔母二人（母の姉と妹）と旅行へ来ているらしく、高度経済成長期に隆盛《りゅうせい》していたと思われる、どこか日本の下町を歩いていた。閑静《かんせい》な通りを歩いていると、途中に銭湯があった。私は他の三人も銭湯に入るものだと思って簾《すだれ》をくぐった。簾の先はすぐ脱衣所になっており、私は何も考えずに服を脱ぎ始めた。しかし脱いでいる最中、母たちとはぐれてしまったことに気づき、自分は何をしているのだろうと非常に恥ずかしくなった。また失敗してしまった。迷惑をかけた。私の行動はきっと、三人には奇怪に映るに違いない。そう絶望していると母たちが簾をくぐってきて、私を見つけた。私は罪悪感と居た堪れない羞恥心を感じながら、急いで脱衣した衣服を着直した。

今を、洗い流そうとしていた。新しい自分になるために、今着ている服を脱衣した。それは成長のためだったが、その過程は母たちには理解されなかったかも知れない。

平成三十年　十二月九日

夢　なんとなく、咽喉《のど》から胃にかけて違和感を覚えていた。咳をすると、何かが口のなかに入ってきて、うねうね動いた。舌で触れる感覚的に、それは何かの幼虫で、なぜ解ったのか色は白く、胴は短いが太い芋虫だった。混乱して固まっていると、ふいに誰かが声をかけてきたので、それに驚いて誤って幼虫を呑み込んでしまった。

咳をする（体内の悪いものを外に出す）と、芋虫が入ってきた。

芋虫は鳥類や小動物のエサになるなど、栄養満点である。胴が太いのも、栄養が詰まっていることを感じさせる。地を這う棒から羽搏く蝶へと、この世で一番おどろくべき変体するのは、芋虫だろう。

喉につかえたものを、夢や文章にして吐露することで、何か新しい変容の可能性を手にしていたのかも知れない。

平成三十年　十二月十一日

夢　私は母と共に飛行機でフランスへ旅行に来ている。飛行機を降りると、そこはエッフェル塔へ続く道の手前にある橋の上だった。空はどんよりと曇っていたが、それはそれで風情があった。私は、それと全く同じ風景を以前も見たことがあるような気がした。そして前にも一度、母とフランスへ旅行したことがあり、これは二度目であることが解った（実際には行ったことがない）。母と私は、今日泊まる予定らしいホテルへ向かった。それもやはり見覚えのある外観だったので、以前来たときも母とここで泊まったらしかった。

ロビーはシンプルなデザインで、態《わざ》と壁紙も床板も貼らず、灰色のコンクリートを剥きだしに晒していた。

フロントの正面には椅子が何脚かあり、そのうち一脚に、現地の人と思われる女性が新聞を広げて座っていた。その右隣りには、雑貨店のような小さな店舗が入っており、チェックインまでに時間があったので、母と私は店の中へ入った。基本的にお洒落な雑貨を扱っていたが、店の奥には女児用の服が陳列されているスペースがあり、母は私に何か欲しいものはないかと聞いた。私はここで断るとあまり良くないと思い、靴下を二足買って貰うことになった。会計を済ました母が戻ってくると、母は女児用の服を一着手に取り、「これ可愛いんじゃない？」と勧めてきた。それは大きく肩を出すようなデザインで、全体に大胆《だいたん》なフリルをあしらったトップスだった。柄はウィリアム・モリスみたいだったが、形が好きではなかった。私が母に「肩が出るのは寒い」というふうに言うと、母は「そっかー」と意外にもすんなり受け容れ、それ以上その服に関して言及することはなかった。

デザインや柄よりも、あたたかさを求めていた。

母が選んでくれる服は、外見的に着飾るものばかりだった。

前のネックウォーマーの夢でも、私には気に入っているネックウォーマーがあった。

それは古くて、ゴムも伸びきってしまっているが、ふわふわしていて、とても肌触りがよかった。

人間関係にしても、なんにしても、私は感覚的なものを大切していた。

しかし母が重視していたものは、いつも外に見えている外面的なものだった。

そこにすれ違いが生まれていた。

平成三十年　不明

夢　保育園か、幼稚園のような施設にいる（通っていた幼稚園に似ている）。そこは閉鎖的で園庭は荒れ果て、職員も誰一人いない、放棄された施設だった。そのため、施設の子どもたちは不満を持っていた。迎えはなく、子どもたちはそこに住んでいる。私はそこでよくクローゼットにいたずらをして遊んだ。クローゼットの中を見るのが好きだった。

プレイルームには、幼児の膝ほどの高さまで水の入った浅い大きな水槽（ガラスプール）があった。それは子どもたちが生き物と直《じか》に触れ合うためのものだった。そこには元々、メダカや小さなアザラシや変な生き物（バグのような、大きなミジンコのような、表面が両生類のようにヌルヌルした白黒の生き物）がいた。

しかし、水槽はずっとほったらかしにされており、幼児たちはエサを与えようにも在処《ありか》がわからず、水の替え方も心得ていなかったので、次第に水は腐り、気づくと濁《にご》った水中にメダカの姿はなかった。私も他の子たちも水の腐敗していることがわからなかった（腐るという概念を知らなかった）。私と一緒にプールに入っていた子が、ふいに「かわいそう……」と呟いた。私は死んでしまったアザラシのことを言っているのかと思ったが、程なくしてそれはアザラシではなく、変な生き物のことであると知った。それ（変な生き物）は、口元と思われる部位から血を流して浮かんでいた。私は気持ち悪いような、ゾッとするような感覚を覚えた。他の幼児たちは可愛がっていたが、私はその生き物をずっと気味悪く思っていたので、それが死んで浮いている様子は、さらに不気味で不衛生に感じた。

そこは完全に大人から見放された施設で、園児しかいなかった。そこにいる子たちは、親や幼稚園の先生から放棄されている、愛を感じていない子たちだった。

世話の仕方を教えられていないから、プールの水は腐って、本来なら元気に動いている筈のメダカや小さなアザラシなどの色々な生物が、だんだん死んでいっている。そこは精神世界だから、変なものもいる。それを可愛いと思う子も居るのかも知れないが、私はその変なものが気持ち悪かった。

死んだそれの成分が染み出している、同じ腐敗した水に浸かっているのが、不快だった。「愛を受けてこなかった」「母から愛されなかった」という世界に浸っているのが、気持ち悪いと感じていた。

平成三十一年　三月一日

夢　スケジュール帳が必要だったので、本屋へ買いに行った。大きな本屋で、エスカレーターを使って探したが、スケジュール帳は同じ型のものが色違いで、二冊しか置かれていなかった。それも雑貨コーナーの革製品の棚に並んだ、本革のとても高額なものだった。私は片方の、深緑色のスケジュール帳を手に取った（もう片方は、ワインレッドだった）。

色やデザインは、シックな重厚感があって好きだったが、値札を見て戻してしまった。スケジュール帳は今すぐにでも必要なようだが、私は決めあぐねて時間ばかり浪費し、結局のところ何も買わずに本屋を後にした。

なりたいものはないけれど、今すぐ、自分の将来の指標を計画していきたい。

でも、どれも自分には手がだせないほどハードルを高く設定しすぎていて、未来のことを考えると、到底できる気がしないと思ってばかりで、行動に移せないことが多かった。

平成三十一年　三月十六日（熱を出して寝ていた日）

夢　玄関のインターホンを鳴らす音がする。出ると祖母がタッパーを持って立っていた。とっくに亡くなっているが、不思議と違和感を覚えなかった。祖母は「あんた、頑張り過ぎだわ」と、また過保護なことを言って、私にしっかり休むよう念を押した。タッパーの中身は、牛肉の角煮だった。

令和元年　四月五日

夢

私は母とショッピングモールへ出かけた。しかし私たちは別行動をし、母はどこを見てまわっていたのかわからないが、私は本屋とカフェへ行った。それぞれ楽しみ、決めていた時間に合流して帰った。

令和元年　四月七日

現実

疲れてバイトから帰宅し、暫く仮眠を取っていた。するとふいに固定電話が鳴ったので、私は眠気と闘いながら起き上がった。薄霧のかかったようにボンヤリとした頭で受話器を取り、「はい」と言う。そのときに「岩城です」とまで言ったかは覚えていないが、相手は「岩城さんのお宅ですか？　いつもお世話になっております。北海道物産の○○という者です」という感じの挨拶を、地方訛りの口上でした。

「岩城様には大変お世話になっておりますので、是非とも元号改変記念のサービスで、当方のズワイガニをお安く召し上がって頂きたく……（云々）」いつの間にか、人懐っこいような訛りは消えていた。

母は要らないものでも買う癖があって、人にいいように言われると高額な胡散臭いものにも手を出すし、ネットでも大量に食材を買ったりしていた。そのため、最初のうち私は生前母が「北海道物産」なるところから何か購入していたのかも知れないと思っていた。大人しく聞いていると、次第に詐欺ではないかと感じ始めたが、なかなか饒舌な相手の話を切ることができず、結局最後まで聞くこととなった。電話の向こうでは、海鮮市場のそれっぽいBGMが終始うるさく流れていた。相手の人は、私がいちいち相槌を打たなかったり、何を言っているのか聞こえなかったりすると、何度も「え？」「え？」と尋ねた。その声色がどうにも冷たく、威圧的に感じ、それも何故か苗字を知られていたことと並んで私の恐怖心を大いに煽った（このときは、恐怖している実感はなかった）。

電話料金が気になりかけるほど、非常に長い電話だったが、やっとのこと「えっと……お電話ありがとうございます。今回は遠慮させて頂きます」というふうに、早い段階で詐欺だと解っている割には釈然としない、曖昧な言い方で断った。相手は頗《すこぶ》るつまらなそうに、興味をなくしたように、もはや訛る演技はおろかBGMに負けじと声を張ることもせず、何かマニュアル風な言葉を並べて電話を切った。

私は逃げるように再度蒲団《ふとん》へ潜った。

元々バイトで疲れていたのもあってか、「何故もっとはっきりと断れなかったのだろうか、あれでは『私は詐欺だと気づいていませんので、また機会があればお電話下さい』と言っているようなものではないか。

本当に私は、こういうときに妙に自信が持てず小心者だからダメなんだ。調子に乗っても然りだが、しかしだいたいはこのように極端に委縮するところが災いして失敗ばかりしている」と自責の念に駆られた。

果てには「先程のはっきりとしない断り方のせいで、例の詐欺クループが家に強盗しに来たらどうしよう。大切なものがぜんぶ盗まれて、偶然そのとき居合わせた父が刺されでもしたらどうしよう」などと、馬鹿な考えを起こし、次第に先の電話とはまったく関係のないことを、あれやこれや心配し出すうちに寝てしまった。

夢

何だかポカポカと温かく、壮大な温かい光に抱擁《ほうよう》されているような感じがした。

声が聴こえたわけではないが、何かが、「怖かったね」「びっくりしたね」「でも大丈夫だよ」と言ってくれているような気がした。そう言われた気がして初めて、あの電話を取っていたとき、本当はとても不安で怖くて仕方なかったのだということを知った。

温かい安心感に包まれながら、自然と涙が溢れてきた。「怖かったね」そう言ってくれたのは、どうやら母らしいと思った。

「電話の人がカニって言ってたのは、胤はカニが食べれないのに、お母さんが買う筈ないから」だから電話が詐欺だと気づけたのだと、そう言われている気がした。

壮大なものに抱擁されている感覚は、次第にいつの日か見覚えのある、あの赤いニットの上着を羽織った細い身体に抱き締められている実感に変わった。

私は赤ん坊のように軽くなって母の腕の中に居たが、次第に母は溶けるように壮大な光と同化した。無限の温かい光の中にいる感じがし、涙が止まらなかった。

だんだん声を出して泣き始めたので、自分の声で泣きながら目が醒め、その後もずっと泣いていた。

令和元年　四月十七日

夢　洞窟《どうくつ》の湖で何かの大会が開催されるらしく、私は何故かそれに参加することになっていた。湖の中で私は、ほとんど溺れそうになりながら顔の表面だけを水面に出した状態で浮いていた。他にもたくさんの参加者が、同じようにしていた。洞窟は暗く、水は濁っていて底は見えない。だが湖の水深は、考えたくもないほど深いようだった。

大会なのに、ルールも何もわからず、何を達成すれば勝ちなのかもわからなかったが、取り敢えず湖の中には恐ろしいものがいて、それをどうにかして前へ進まなければならないことはわかった。合図もないまま、大会が始まったのかどうかすらもわからないまま、私は足の着かない湖中を進みだした。少しして、誰かが「蛇がいる」というようなことを言い、また誰かが「Lサイズの蛇だ」と言った。次第に私のすぐ足元から何かが浮かんできて、私は恐怖した。しかし、浮かんできたものは確かに蛇であり、大きさも大物に部類されるに違いないが、しかしそれはどこまでも現実的なサイズであり、クラーケンほどの蛇を想像していた私は、逆の意味で拍子抜けした。しかも、その蛇は口を開け、舌をだらしなく伸ばしたまま浮かんできていて、それも自力でなく浮力で浮かんできたという感じだった。誰かが「死んでいる」というようなことを言い、私は蛇の頭を素手で引き千切った。

実際に体験していないと、幻想が増長して恐ろしく感じるかも知れないが、体験してしまうと、それは思っていたより大したものではないことが多い。

幼い頃に、覚えがある。真っ暗な暗闇の中で、何か怖いものが見える気がする。

そう思ってじっと暗闇を見つめていると、蒲団の皺や天井のシミに、外の風景に、本当に怖いものが見えてきて、見つめれば見つめるほど、よりはっきりと、輪郭を持って、そのように見えてくる。

令和元年　四月二十四日

夢　スターバックスのどこかの店舗にヘルプでシフトに入っていた。そのスターバックスは劇場のホールの中にあり、バックルームが舞台と繋がっているなど、奇怪な構造をしていた。私はスターバックスでバイトをするなどということは初めてだったので、何をしていいのかまったくわからず、作業台の間を右往左往していた。
暫くすると、バーガンディの天鵞絨のカーテンから男女のお客様が顔を出したので、私は急いでレジに立った。どうやらレジはタブレット型のレジらしいのだが、肝心のタブレットがどこにも見当たらなかった。店舗には私の他に若い女性店員が一人いて、私はフロアでバットを下げていた彼女にタブレットの所在を訊《き》いた。すると彼女は無言で私とレジを代わり、済ませるとさっさとフロアへ戻っていった。

今度は、小綺麗な壮年の婦人がレジに顔を出した。婦人はビバレッジではなく、サンドウィッチか何かの食事を頼んだ。しかし、何回尋《たず》ね返しても商品名が聞き取れず、レジを打つことができなかった。婦人は日本語で頼んでいるのだが、聞いたことのないその商品名は長たらしく、やたらと複雑なものだった。私は非常に気が引けたが、再度、女性店員に訊きにいき、レジを代わってもらうこととなった。

次に訪れたお客様はどこかあどけなく、素朴な感じの男性で、東南アジア系の留学生だと思った。彼は何かを頼み、私は今度は問題なくレジを打ったが、最後に片言で「領収書が欲しい」と言われた。幾らか試したが、何度やっても発行の仕方がわからず、私はバックルームに走った（女性店員に訊く方が早そうだったが、冷たい彼女に再三尋ねる勇気はなかった）。

途中、上映中の舞台の役者とぶつかりそうになりながら、土間のように一段下がったところへ行くと、休憩スペースのような一室でスターバックスや舞台の関係者らしき人たちが、上映中の舞台をモニターで観ていた。私はそのうちの丸眼鏡の男性（店舗の重役らしかった）に領収書の発行方法を訊いた。彼はレジカウンターまで赴き、タブレットをいじったが、結局「わからない」と言う。幸い留学生は「じゃあ大丈夫です」と言ってくれた。

女性店員がシフトを終えて帰るとき、私はバックルームの土間のようなところにいた。彼女は既に着替え終わっていて、業務中に束ねていた髪をすっかり下ろしていた。黒いダッフルコートに鞄《かばん》を提げた姿を見ると、高校生だと思った。少し私に似ていた。

彼女は私に「仕事ができないなら入らないでくれる？」と強い口調で言った。「なんでシフトに入ったの？しかもこの時期に」と続ける。

「この時期に」というのがこの店舗の繁忙期を指すのか、彼女の機嫌の問題を指すのかわからなかったが、私は答えに困ってボソリと「お金を稼ぐため」と答えた。

すると彼女は甚《はなは》だ苛立って「私だって」と彼女の複雑で難儀な家庭事情を持ち出して私に対する侮蔑を散々捲《まく》し立てた。そして私を軽蔑したまま帰っていった。

土間の隅には蒲団が敷かれており、風邪で寝ている女性がいた。

女性店員の姿は、私に似ていた。彼女はずっとホールで働いているので、現実で頑張っている自分。夢のなかの私は、バックルーム（心の領域）にいて、物理的なことが何もわからないし、何もできない。たとえ一生懸命働いたとしても、なんのために働いているのかわからない（精神的に満たされる理由がない）なかで、ただでさえ忙しいところに、おどろくほど何もできない人材がはいってきた。

「何しにきたの？」それに対し、私の答えは「お金を稼ぐため」だった。

彼女は物理ができない私に、物理的な理由ではない、心の腑に落ちる答えを期待していたのかも知れない。

しかし、私の答えは彼女と同じ、物理的なものだった。

それで彼女は、何もない自分（私）に腹が立った。

店舗の重役らしい人がタブレットをいじっても、結局わからないのは、彼が現場にいない人だから。彼はモニターで、客観的に舞台を見ている。現実の伴っていない理性は、ただの空想。

本当に結果がわかるのは、実際に現実で動いている人だけだ。しかし、内的な方向性も見えないままただ動いているだけでは、心は風邪をひいたように臥せってしまう。

令和元年　五月二十七日

夢　母の運転する車に乗って、私は祖母の元へと向かっていた。祖母は新しく何らかの施設に入居したらしかった。施設へ着くと、そこは市立病院かも知れないと思うほど大きな建物だった。正面入口の前には、脇にスロープの付いた階段があり、花で彩られた花壇が外壁を囲むように設置されている。花壇のへりには、つばの広い帽子を被った曾祖母が腰かけており、隣には見知らぬ老爺がいた（麦わら帽子だった気がする）。母と車を降りると、曾祖母が気づき、老爺は私たちに籠《かご》からみかんをくれた。老爺は「切って皮を剥いてやろうか」というようなことを言ったが、曾祖母は笑って「そんな必要はない」と言った。歓談する曾祖母と老爺を外に残し、私と母は施設の中へ入った。驚くことに施設内には個々に仕切られた部屋がなく、扉もなく、入居者は当然のように通路で暮らしていた。目に飛び込んでくるのは、極めて個人的な生活感の溢れる、他者たちの居住空間だった。

まるで各々の入居者が、それまで住んでいた住居の内部をそっくりそのまま持ってきたかのようである。しかし通路にはスペースを区切るパーテーションの役割を果たすものが何もないので、自分の居住空間へ向かうためには、他者の居住スペースを通らなければならなかった。祖母はこの施設の最奥にある一番高価な部屋を買ったらしいので、私と母は一方通行の通路を進んでいった。長屋に連なる家々を、壁を突き破って通っているかのようであった。通路を行くと、突き当りに、初めて部屋らしいものがあった。

低い敷居を跨《また》いで中へ入る。すると祖母が私たちを迎えた。室内はワンルームにしては広く、まるで入口が玄関で、一軒家のような感じだ。

二階が存在し、階段がある。部屋の中にもまた部屋があり、ベッドが一つだけの部屋（やはり扉はない）や、座敷になっている部屋（しかし襖《ふすま》はない）などがあった。徹底して扉はないものの、通路にあったどの居住スペースよりも広く、プライベート的であった。

どうして一番高価な部屋を買ったのかということについて、祖母は「家族の誰がいつ気まぐれに訪れても、迎え入れられるように」というようなことを言っていた。

全体的に重厚な色合いの木製で、温かみがあり、私は安心感から、ベッド（リビングの、テーブルの横にあった簡易ソファ）の上で寝てしまった。その日は塾があったのだが、まだ時間には余裕があった。しかし起きてみると時刻は午後九時で、六時から始まる授業はとっくに終わってしまっていた。

祖母の家は毎月の法事で、仏間に十数人集まるような、親族間の結びつきが強い家だった。

これは、今の日本では、少し珍しいかも知れない。

直接関わっても、関わらなくても、複数の人たちがそこに存在している。

話している内容や、価値観の違い、些末な感情のゆらぎなどはどうでもいい。ただ、そこに存在していること。個と個の、存在の背後にある融合。その全体性の「和」という感覚が、祖母の家にはあった。

令和元年　六月九日

フィリピンのセブに留学した。

『セブ留学』
私は六月九日から、約三か月間フィリピンにいた。日本人ともろくに話せないのに、何を血迷ったのか、セブで一番日本人が少ないという、寮制の語学学校に短期留学した。着いて早々の授業で泣いた。どうしても涙を抑えることができなかった。迎えに来てくれた日本人の二人は、良い人だけれど、どうしてか仲良くなれそうになかった。まるで母国語同士で話しているとは思えないぎこちなさに、私は留学云々の以前に人間に向いていないと思った。日本人とも話せないのに、セブでフィリピンや韓国や台湾の人たちと話せるわけがない。私は着いて早々の授業で泣いた。日本でも教室に入れないのだ。そこに存在しているだけで、無性に苦しくなった。人の目が気になるのに、恥も外聞もなく涙が止まらなかった。先生は私に『Why are you crying?』と仕切りに言ったが、私は嗚咽で何も喋ることができず、泣き止むことができなかった。すると先生はスマホで音楽を流し、MYMP『Tell Me Where It Hurts』を歌ってくれた。聞き取りやすい英語で、歌詞を聴くと余計に涙が出てきた。一度聴いて、この曲が好きになった。それからずっと、三か月間、私は部屋でこの曲を聴いて過ごした。この先生はカレンという。セブでは教師と生徒の関係は、歳の差があっても友だち同然だった。カレンは二十二歳で、私と四歳しか離れていない。しかし、早熟した温かい母性のようなものを感じていた。カレンの家も裕福ではないのに、離れた島から出稼ぎに来ている他の先生を、自分の家に住まわせていた。わけもわからず、意味もなく、急に泣きだした人間に対する、カレンの屈託ない素朴な優しさに私は感動した。

私は部屋に戻って、徹夜で絵を添えた手紙を書いた。歌を歌ってくれたことを、その場ですらすら喋れないので、手紙に書いて次の日のプライベートクラスに持っていった。すると、今度はなぜかカレンが泣いていた。カレンは私を気に入ってくれたようだった。彼女は、「私は神様を本当に信じている」と言っていた。カレンによるとフィリピンの人は第一印象を大切にするらしく、私は魚市場の魚のようだったので、第一印象は最悪だったらしい。カレンが他の先生に、私の印象が変わるように働きかけてくれたのだと言っていた。そのお陰か、私は他の先生たちとも、ご飯に誘われるくらいに仲良くなることができた。

クラスルームでは質問の書かれたカードを引き、その質問に答えるゲームがあった。ある先生が「神様に一つだけ聞きたいことを聞けるなら、何を聞く?」という質問に、「なんで僕をこんなにイケメンにつくったのか!」と言っていたのには、カルチャーショックを受けた。私は「今、あなたが一番知りたいことは何？」というような質問を引き、「自分自身（Myself）」と答えた。すると「えっ！　自分のこともわからないの⁉」と意図せず、イケメンに悩まされる彼よりも、クラスの爆笑をさらってしまった。

カルチャーショックというと、また別の先生に「なんで胤はいつも下も向いて話すの？」と聞かれて「緊張している（I am nervous）」と答えたのだが、「『nervous』って、何か近い将来的に嫌なこととか、不安なことがあるから nervous になるんでしょ？　胤にはどんな不安なことが待ち受けてるの？」と心配してくれたことにも、文化の違いを感じた。

カレンは日本のアニメが好きで、絵を描いてあげると子どものように喜んでくれた。翌日も仕事があるのに、私が日本に帰る前夜、カレンはわざわざ学校まで来てくれた。そして忙しいのに、私のために写真付きの素敵な色紙を作ってくれていた。言語を超えた交流というものを、身をもって体感した。他の先生にも、同じクラスの人たちにも、たくさんの手紙とお土産をもらった。先生たちとは映画を見にいったり、ショッピングモールに行ったり、韓国の辛いラーメンを食べたりした。韓国のクラスメイトたちは、私をサムギョプサルのお店に連れていってくれた。韓国の人たちの、アットホームな温かさを感じた。そのなかに、いつも素顔で聡明な横顔の韓国人女性がいた。彼女はソフィーというニックネームだったが、その名前が本当に似合っていて素敵だった。私が廊下で日本人と話していると、ソフィーが擦れ違って「日本人が日本語で話すときの、やわらかい感じが好き」と言ってくれた。

令和元年　六月二十二日

セブ留学の際、私に与えられた部屋には大きな窓があった。

夢　私がベッドから起きると、窓の外の花壇（実際の部屋は二階にあり、学校には花壇などなかった）を、スカーフを巻いた女性が手入れをしていた。

彼女はふいにこちらを向くと、暫くじっと私を見つめていた。驚くことに、彼女は窓から土足で私の部屋へ入ってきた。彼女は終始無言で、ただ私を見つめるだけだった。しかし広げたスカートには物を並べており、それを私に買って欲しいのだという意図を察した。私がそれを断ると、彼女は黙ったまま窓から去っていった。

私は少し不安になって、用もないのに洗面所の扉を開けた（実際の部屋と同じ、ユニットバス仕様になっていた）。薄暗く、大きな鏡の備わった洗面所の部屋には大量のぬいぐるみがあり、水の入ったバケツなどに入って濡《ぬ》れていた。

それは私にとって身に覚えがなく、また奇怪な光景だった。そこにあるすべてのぬいぐるみが、私の持っていたものだったというわけではなく、殆《ほとん》どが覚えのないものだった。キリンなど、よくあるデフォルメされた動物のぬいぐるみだった。濡れた水が将来的に腐ったり、ハエが湧いたりしそうで不潔な印象を受けたのだが、それは私の惰性《だせい》により長らく放置された結果であるような気がした。私は何気なく近くにあったアザラシのぬいぐるみを手に取った。するとアザラシの表情が変わり、喜んだように見えた。しかし私は非常に冷めた感情でいて、アザラシをバケツの中へ放った。アザラシは絶望したように輪郭を歪めて白目を剥いた。私は少し怖くなって洗面所の部屋を出た。すると鏡台の机の上に濡れたまま暫く放置されたスポンジが白い皿に乗せられているのが目に入った。スポンジからは、大量のサワガニが湧いていた。


フィリピンの人はオープンで、日本人のような壁がないので、その体感は、ともすると土足で踏み込んでくるような感じかも知れない。

「買って」と言われているわけではないから、この女性は、無償で私に何かをくれようとしていた。しかし、私は、当然対価が必要だと思ってしまう。人間関係のなかで得られる愛は、どれも条件つきであるかのように、ごちゃごちゃと色々なことを考えて、結局受けとろうとしない。

外から見ると、殺風景な花壇だった。

そこでカレンたちは、私の部屋に面したところに花を植えてくれた。

セブでは最初は日本人とも話せなくて、かなりショックだった。

こんなことで、これから先人間と関係がもてるのか。と感じたとき、(それに似た心象で) いちばんに浮かぶ、友だちとのいい想い出は何かというと、それは、ぬいぐるみだった。

幼稚園の頃は、友だちが居ないから、ぬいぐるみで遊んでいた。お正月もクリスマスも、ぬいぐるみと一緒で、共働きだった両親よりも、ぬいぐるみと一緒に過ごす時間のほうが長かった。

だから持ったときに、当時の臨場感で、「いっしょに遊ぼう」と笑う。

しかし、そこにいたら、自分が腐ってしまう。人間との現実的な関係よりも、自分の世界のなかに閉じこもることになる。流れが滞り、古くなった水にはハエが湧いてしまうような気がした。

そこでアザラシを捨てて、洗面所を出る。すると、スポンジからサワガニが湧いていた。

今まで吸収してきたものから、新しい世界が、湧き出している。

小さい頃、よく祖父の実家でサワガニをとった。

そこは期せずして清水(静岡)だが、サワガニは、綺麗な水にしかいない。

令和元年　八月―十月

『胤の成育』

小さい頃から絵本が好きだった。喘息やアレルギーの発作で入院するなどして、入園は年中になってからだった。幼稚園では、到着から帰りの時間まで、教室の角に体育座りしていた。誰とも一言も喋らずに、一日を終えることが多かった。帰りのバスが団地の前に着いても、迎えはなかった。父も母も帰りが遅いので、一人で家に帰っていた。私は電子レンジで夕食を温め、一人で食べた。母が帰ってくるまで、絵本を描いて過ごしていた。

母は仕事から帰るとき、いつも笑顔だった。私は、母の帰りが待ち遠しかった。「おやすみ」の時間には、私が眠りに就くまで絵本や童話を読んでくれていた。家に何日も帰らない出張開けの日には、お土産を買ってきてくれた。しかし、私は喜びを上手く表現できず、よく「可愛げがない」「あんたなんかに買って来なければよかった」と言われた。

これは私に、表現することの大切さを教えてくれた。思っているだけでは伝わらない。伝えたら相手は喜び、自分も嬉しいのなら伝えた方がいい。嬉しかったことを伝えられて、嫌だと感じる人はいない。人は、自分が他の人のためになっていることに、幸せを感じる。

朝はいつも、母のいるときは髪を結ってもらっていた。母に髪を触られる時間は、とても気持ちの良いものだった。しかし、そのとき母が選んだヘアゴムは、ピンク色のリボンの真ん中に、プラスチックのダイヤがついたものだった。当時の私は、プリンセスや魔法少女が好きではなかった。本当はヘアゴムが嫌だったのだが、それを言うのは、せっかく買ってきてくれた母に申し訳ないと思った。そこで「この髪型、やだ」と髪型のせいにした。私はとてもいいことを思いついたと喜んでいた。

そのリボンはツインテール用で一対になっていたので、ポニーテールにしてもらえば解決できると考えたのである。すると母は、髪を引きちぎるのかと思うくらい無造作に、私の頭からゴムをむしり取って放り投げた。そして「じゃあ、やって」と私の前に座った。

私は投げられたゴムを取りにいき、母が何をするつもりなのか、薄々察しながら三つ編みをつくった。すると案の定、「この髪型、やだ。やり直して」と言われた。また他の髪型をつくると、「これも、やだ」と言う。何度やり直しても、嫌だと言われた。子ども心に「大人げない」と思った。「ごめんなさい」と謝ると、「ね、私の気持ちわかったでしょ?」と結局、最初の髪型を結ってくれた。

あるとき、風邪をひいて幼稚園を休んだ。少し長引いたのかも知れない。母は、私の風邪が治らないことに業を煮やしていた。発端は、せっかく作ってくれた昼食を吐いてしまったことにある。母はとつぜん怒り出したかと思うと、私の服を脱がせ、たらいの前に正座して座らせた。そして、発狂しながら私の背中を遠心力に任せて平手打ちし始めた。胃の内容物をすべて吐かせれば、風邪が治ると思っていたのだろう。「早く！」「吐け！」「全部吐け！」と刑事ドラマのようなことを後ろで叫ばれていた。とにかく最初は奇声を上げながら、その後はただ黙々と作業のように叩かれ続けた。昼食を吐いた後だったから、夕食の時間まで、実に五時間近くのあいだ、私は休むことなく叩かれていた。

母も手が痛いだろうに、機械のように一定の感覚で叩き続けることを、どうしてか辞めようとしなかった。もう胃の中には何もなく、胃酸だけが上ってきて、もはや胃酸を吐いていた。咳と胃酸で咽喉が痛いし、口の中が長いこと酸っぱくて気持ち悪い。どうやら背中は皮が剥けて、膿汁を出しているようだった。打たれるときの痛みとは別に、その皮の剥けた部分が、母の汗っかきな掌に貼りついては剥がされるのも、ヒリヒリと痛んだ。

五時間ほど経って、母はふいに「あ、夕食作んなきゃ」と呟いた。そのとき我に返ったのか、急に「血がでちゃってる……ごめんね」と泣き出した。「このことはお父さんに言わないでね」ということだったので、秘密にすることを約束した。

しかし結局、母は自分から父に報告した。「胤ちゃんに酷いことしちゃったの。私を叩いて」と、父が帰ってくるなり、ドアの前に正座して懇願していた。父は母の願いを断った。私はそんなやり取りを、一人寝室で聞いていた。その夜は、背中が痛くて眠れなかった。少しく夢の世界へ誘われても、寝返りで仰向けになる度に痛みで目が醒めた。

しかし母も、本当はそんなことをしたくなかったのだろう。その日に限らず、母はいつだって私を傷つけたいわけではなかった。結果的に傷つけたとしても、それが言動の目的ではない。その証拠に、それをしても、母はちっとも幸せそうではない。いつも後悔していた。

幼稚園では「人の罪を許しなさい」「人のために祈りなさい」と教わっていた。

私は、使われていない北向きの和室を、勝手に自分の「祈りの場」と決めていた。「良い子になれますように」「母を苦しみからお救いください」と祈っていた。今にとって幼稚園の頃の体験や、その頃の自分というのは、ある意味で成功体験だった。どんなつらいことがあっても、じんわりと沸き上がる、温かい橙色の光を、じっと小さな胸にいっぱい感じていた。

小学校に入学する少し前、父の転勤で名古屋へ引っ越した。三か月ほど、引っ越し先近くの幼稚園に通うことになる。私はそこでも終日プレイルームの隅に体育座りをしていた。毎日Sくんという坊主頭の男の子とその仲間に、紙を丸めた棒で木魚のように叩かれていた。何をされても私が微動だにしないので、反応を見たかったのだ。考えてみると、かなりシュールな画だと思う。こうやって、いつでも外の世界は私に関心を示し、いくら私が心を閉ざしても、関わりを持とうとしてくれていた。

ある日、幼稚園の在園児と卒業生で、人生初のキャンプへ行った。三人一組になるのだが、途中編入の私は、必然的に在園児のグループから余った。先生の提案で組むことになったのは、小学一年生の女の子二人だった。幼稚園からの友だちで、小学校も同じクラスなのだという。私はキャンプ場へ移動するバスの中で、一言も喋らなかった。当然のことながら、二人は楽しそうに話している。バスの中ではビンゴゲームをしていたが、私はリーチになっても手を挙げられなかった。サービスエリアのトイレ休憩も、緊張で動けないので尿意があっても我慢していた。おやつも、お茶も、食べたり飲んだり、手や足を動かしたり、音を立てたりすることが一切できなかった。みんなはバスの中でおやつを交換していたが、私は家に帰るまで自分の持ってきた駄菓子以外のおやつを食べることはなかった。

キャンプ場に着いてからは、ほとんど何も覚えていない。三泊か四泊もあったのに、何をしていたのか思い出せない。ただ私はずっと、みんなの輪の外に立っていた。グループで行動するとき、二人の女の子は私と一緒に居なければならない。しかし自由行動になると、すぐさま私の元から離れていった。

このときのキャンプで唯一鮮明に覚えているのは、三段ベッドの一番上から眺める、あの汚い天井と黒い蜘蛛だ。ロッジの部屋には簡素な三段ベッドがあり、前に決めた三人組で寝ることになっていた。二人のうちの一人が一番上の段に上り、「蜘蛛がいる！」と悲鳴をあげた。もう一人も上って確かめ、「ほんとだいる！」と言った。二人は蜘蛛が怖いので、私に一番上で寝て欲しいと頼んだ。私は虫が好きだし、頼られたのが嬉しくて承諾した。

みんなから嫌がられている一匹の孤独な蜘蛛に、自分を重ねていた。

毎夜のこと、下のベッドで二人の談笑する声が聞こえてくる。その声が聞こえなくなってもなお、私は音を立てずに泣いていた。そのときの私には、この静かな黒い蜘蛛が、神様のくれた友だちのように思えてならなかった。私が寂しくないように、神様がこの蜘蛛を与えてくれたのだとしか思えなかった。

私はそのキャンプの中で、耐えがたい孤独を感じていた。こんなちっぽけな私のことでも、神様は見てくれている。そのことに涙が止まらず、嬉しくて泣いていた。

私は芥川龍之介の『蜘蛛の糸』をテレビの子ども番組で観て知っていた。「お釈迦様が人間を助けるために遣わせてくれた虫」というイメージが、私にその状況が愛であることを教えた。だから神様は、私がそれを「愛」であると気づくことのできる「蜘蛛」という形で、私に表現してくれたのだと思った。

小学校に上がると、「動けない」「喋れない」ことが大変な弊害と思うようになってきた。授業中はいい。みんなと同じように座って先生の話を聞いて、勉強していればいい。しかし放課になっても、私は緊張で身動きが取れなかった。トイレに立つこともできず、ずっと同じ椅子で、帰りの会が終わるまで、姿勢を正したまま座っていた。膀胱が痛くなるほど尿意を我慢していたが、洩らしてしまい、水筒のお茶を自分に浴びせて誤魔化したことも何度かあった。「胤ちゃん、またお茶をこぼしちゃったの？」と、優しい女の子が床掃除を手伝ってくれたことがある。その子の雑巾に、私のオシッコ茶が染みていくのを見ながら、私は罪悪感と恥ずかしさで死んでしまいそうだった。まさか真実を告げることはできず、雑巾と手を念入りに洗うよう、手洗い場を共にしながら、それとなく忠告する他になかった。

幸いなことに、私のお漏らしが同級生の子にバレることは、卒業するまで一度もなかった。しかしあるとき、珊瑚色のズボンを穿いていたときのことだ。同い年の子は誤魔化せても、上級生の子は誤魔化せなかった。流石に目立ったので、手提げ鞄を後ろ手に持って歩いた。するると、通学路で同じ町内のHちゃんとSちゃんに遭遇した。Hちゃんは六年生、Yちゃんは五年生だった。この二人のことを、当時の私は怖いと感じていた。

私の小学校では、同じ町内の子と二列をつくって登校するという決まりがあった。そして町内の最上級生が、最下級生の一年生と手を繋いで歩く。その年の一年生は、私と、向いの家に住むMの二人だけだった。

Mは、六年生のHちゃんと手を繋いで登校していた。六年生はHちゃんだけなので、本当なら私は、五年生のYちゃんと手を繋がなければならなかった。

しかし私は、いつも最後尾を一人で歩いていた。Hちゃんやちゃんに可愛がられている、楽しそうなMを見ながら、毎朝悲しい気持ちがしていた。

Hちゃんは、仲の良いYちゃんを前から二番目の列に置きたがった。しかし私の配置については、「最上級生と最下級生のペアは、最前列と最後尾である」という決まりを持ち出し、これを施行していた。「同じ一年生なのに」という思いが、私の中にはあった。とぼとぼ歩いて距離が離れると、HちゃんやYちゃんに早く歩くよう、前の列まで腕を思い切り引っ張られたり、一年生にとっては、きつい言葉を言われたりした。

あるとき、私はHちゃんに手紙を出した。簡単にいえば「一人で後ろを歩くのが寂しい」「HちゃんやYちゃんとも話してみたい」「手をつないでみたい」という内容だった。

手紙を出した翌朝、私はHちゃんの隣を歩くことになった。しかし、いざ隣になってみると、何を話していいのか全くわからなかった。せっかく私を隣にしてくれたのに、このまま黙って学校についてしまうのでは駄目だと思い、自分なりに色々な質問をしてみた。どうしたら話題が広がるのかを、必死に考えていた。が、Hちゃんの反応は心が折れそうなほど素っ気ないものだった。それでも、私は途切れ途切れだが、懸命に喋りかけようとしていた。

登校班の列は、Mの代わりに私が前列になることで、いつもの賑やかさを失っていた。緊張で振り返ることはできないが、背後から伝わってくる重々しい雰囲気を、一重に「私のせい」だと感じた。Mや、他の一年生はいとも簡単にできること（普通にお喋りしたり、みんなを楽しませたりすること）を、なぜ私はこんなに頑張ってもできないのかと、自分が情けなく惨めなものに思えてならなかった。私を隣にしてくれたHちゃんにも、前列を代わることになったMにも、つまらない思いをさせている登校班の全員にも、申し訳ない気持ちでいっぱいで、今にも泣きそうなのを必死に堪えていた。

そもそも教室において、一言も言葉を発さないのである。ぎこちない空気の中、私の声が目立つほど静かな中、話しかけ続けることは大変な負荷だった。その頃の私は、いちいち頭で考えてから物を言い、自然に振舞うことがどういうことなのかを知らなかった。

そのうちHちゃんは、「そんなに気を遣われても嬉しくないんだけど」と突き放すように言って、私の言葉を遮った。それは、本当にもう少しで泣くかと思うくらいショックなことだった。それ以降、何かを言おうとしても咽喉の奥でつかえ、黙ってしまった。私が黙ってしまうと、Hちゃんは急に歩を速めた。「なんで涙目になってるの？」と呆れたような、苛ついたような口調で呟いていた。

ここで、話をお漏らしの件に戻したい。私が腰の曲がった老婆のように歩くので、二人は心配して話しかけてくれた。

「胤ちゃん、どうしたの？」Yちゃんが訊いた。

「何でもありません……その……ランドセルが、重いんです」私は下校前に用意していた言い訳を使った。ランドセルが馬鹿みたいに重いのは嘘ではない。

「持ってあげるよ。私、上級生だし」Hちゃんが言った。

「ありがとうございます……大丈夫です」もちろん、ランドセルと手提げ袋によって、上下からオシッコの染みを隠しているのだから取り上げられては困る。私は二人の前を歩きたくなかったが、早く帰りたいというのが勝っていた。それに、今ここで「疲れた」と言って座り込んだら、それこそ「手伝ってあげる」ということになってしまうだろうと思った。

「すみません。用事があるので急ぎます。さようなら」

そのとき「ねぇ、あの子おしり濡れてない？」と、Yちゃんの声が後ろから聞こえた。

家に帰って着替えると、一目散に蒲団の中へもぐって泣いた。次の日は木曜日で、集団下校があった。私はHちゃんの隣に並んだが、低い声で一言、「違う」と言われた。

その後、「家に帰ったら来て」と公園に呼び出された。私は子ども心に遊んでくれると思って楽しみに行ったが、開口一番に「わがまま」だとポシェットをひったくって、砂場に投げられてしまった。掃除されていない砂場には、野良猫の糞がたくさん落ちていた。

「私はみんなで楽しく登校したいの。私だけじゃなくてさ、Yとも話してあげて欲しいの。手紙読んだとき、私感動したよ？　あの手紙は嘘だったの？」「Hちゃんは胤だけのものじゃないからね。いきなりHちゃんと離されて、Mちゃんが可哀想だと思わないの？」「Mちゃんは私ともYとも、誰とでも分け隔てなく話してくれるよ」「Hちゃんはさ、胤から手紙貰って、胤のこと色々と考えてあげてたのに、そうやって嘘（お漏らしを隠したこと）を吐くんだね」「Hちゃんは優しいから……だけど、私だったら……」その後、HちゃんとYちゃんが何を言っていたのか、あまり覚えていない。

私はもうほとんど泣いていて、視界は歪み、嗚咽を堪えることしかできなかった。そんなもの、私だって、できることなら誰とでも分け隔てなく話してみたい。手紙の内容は心に秘めた願望であって、実現できなかったとはいえ嘘ではない。本当はどうしようもなく緊張して、後ろを振り返ることすらできないのだ。一人と会話する言葉を考えるのに精一杯で、複数人と話をする方法なんて想像もつかない。手紙だって、どれだけの勇気を振り絞って書いたか知れない。さらに、実際に隣にしてもらってから話しかけたときの勇気ときたら、これ以上の勇気を後にも先にも、私は持たないのではないかと思う。

色々なものが、堰をきって溢れ出した。

このこと以外にも、木魚であるから、下唇を血が出るまで噛み締めても、泣き止むことができない経験をたくさんした。小さい頃から、声を殺して泣く癖があった。それでも、息が止まるのではないかと思うほど、涙と共に烈しい嗚咽《おえつ》が止まらなかった。

だが、泣きながら外を歩けば、やさしい心地よい風が、追い風であるだけで、背中を押してくれているように感じた。横向きに吹けば、涙を拭いてくれているように感じた。心を明るくする景色や、鮮やかな草花を見るだけで、応援してくれているように感じていた。

小学生の当時、場面緘黙症《ばめんかんもく》の子の通訳的な役割を、先生から与えて貰ったことがある。その役は私一人に任されていたので、頼られるのが嬉しい反面、苦痛だった。

私はその子と、放課後に会議室で会い、遊んだり話したりした。遊びはいつも女王様ごっこで、その子が女王様、私が家来の役をやっていた。何か物を「取ってこい」と言われ、私が会議室に用意された玩具箱の中から、それに当てはまるものを取ってくる。彼女は私の前では元気だった。私は彼女の、透き通るような純粋さが好きだった。遊びの中の命令にしても、そこには幼女のように屈託がなかった。しかし私は複雑だった。彼女を見ていて、本当に私よりも「苦しんでいるのだろうか」と思ってしまった。

しかし、苦しみの深さは枡ではかれない。その人が苦しいと思えば、それは苦しい。

小さい頃は、名づけようとすれば、いくらでも病名を付けられたと思う。しかし、自分は下手に守られなくてよかった。名前を付けられたら、その「病名」が自分だと錯覚してしまうかも知れない。その子を見ていて、守られる側になりたいと思った。でも、私の場合、それは頑張ることをやめたいという怠惰であることを、自分でもわかっていた。

四年生になると、何を血迷ったのかバスケ部に入った。その時期に、ちょうど中学受験の塾に通い出した。私は新しい環境で再び、動けない、口も利けない木魚になった。バスケ部でも、塾でも、木魚であることによって色々な悲しいことが付き纏った。

教室でのギャップを指摘されて、人目を憚らず逃げ出したこともある。しかし、なんだかんだ、こんな木魚でもバスケ部に在籍できるものなのだなぁと、後になって感心した。

この頃の母との喧嘩で覚えているのは、フライパンを、料理中の野菜炒めごと投げられたことである。なんてびっくりウーマンなんだろうと思った。火傷はしなかったが、床に焦げ跡は残った。この焦げ跡を床の汚れと見間違えるおかげで、いつも掃除をしようという気になれる。おかげでうちの床はいつもピカピカである。

こんなこともあった。ある日、男が母親を殺したという事件の記事を見ていた。そのスマホに映った画面を見て、母が「私を殺すのか！　殺せるもんなら殺してみろ！」と叫んだ。私は一瞬何のことを言われているのかわからなかったが、どうやら私が母を殺すために、そのような記事を読んでいるのだと勘違いしたらしい。それにしてもである。私は呆れて「そうかもね」と言ってしまった。その瞬間、ゴングが鳴った。しかし、母がそのように捉えたのには、そうであってもおかしくないと思うくらい、自分を責める何かがあったのかも知れない。

もう一つ印象深いもので、危うく事故になりかけた喧嘩があった。車で走行中のことだ。ふとした会話の中で、私が母の勘違いを指摘した。すると母は、おもむろに助手席へ乗り出し、私を平手で引っ叩くためにハンドルを手放した。決して車通りが少ないわけではない、大通りの横道。走行中であるのにも関わらず、母はハンドルから両手を離して、運転席から私を叩き続け、車は境界ブロックに乗り上げた。乗り上げてもなお、叩き続けていた。発端は、私の通っている塾の数学を担当する教師の名前が、植田か田中かということだった。母が「植田」と言い、私が「田中」だと訂正した。心底どうでもいい話だが、普通に考えて「植田」先生にも「田中」先生にも毎週四日会っている私が間違えるはずはない。

しかし、母は自分が一度正しいと決めたことを、信じて疑わなかった。私は生まれてはじめて、「もしかすると、私の母は頭がおかしいのではないか」と思った。

中学生になると、私は毎日泣きながら登校し、休み時間はトイレで泣き、泣きながら帰っていた。学校はもちろん、部活にも塾にも家にも居場所を感じず、もう、生きることに何の楽しみも喜びも感じることができなかった。

高校生のとき、ある日、母に「一緒に死ぬ？」と言われた。私は、母が言うだけで、死ぬつもりなど微塵もないことを知っていた。以前も包丁を差し向けて「あんたを殺して私も死んでやる！」と言っていたが、私は殺される気配がなかった。「じゃあ私は神様のところに行けるけど、お母さんは行けないね」と言ったら、子どものようにシュンとなり、静かに包丁を戻していた。これが母の可愛いところである。本当は、もの凄く純粋なのだ。だから敢えて、「うん、いいね。死のう」と賛成し、死に方の具体案をその場でいくつか提出した。

そして、「死体が綺麗だから処理に迷惑をかけないし、苦しまなくていいように、車で練炭自殺をしよう」と持ちかけ、実際に練炭をネットで購入した。もちろん、意地の悪い冗談である。「三日後には届くよ」と言うと、母は「もういい！」と叫んで、ふて寝した。

私はその頃、もう勉強どころではなくなってしまっていた。担任の先生に勧められ高校を中退し、通信制の高校に通い出した。母は激怒して反対したが、結果的にこれを承諾してくれたのは意外だった。私は、そのことがとても嬉しかった。

しかし、母は応援してくれていると思ったのに、帰宅すると「もう帰ったの？　あんただけ楽でいいね」「ジャージなんかで行っていいんだね」「そんな程度のところなんだね」「本当に大丈夫なの？」と、皮肉めいた口調で、嫌味を言ってきた。それが毎日続くので、「忙しいから疲れているのだ」と思い、早く帰宅する代わりに家事を手伝おうと、食器を洗い、洗濯物を畳んだ。すると、なぜかハンガーで無茶苦茶に殴られた。

これは『ハンガー事件』として私の記憶に深く刻まれた。なぜあんなに殴られたのか、その理由は後になっても、わからなかった。

母は、そんなことはいいから、勉強をして欲しかったのかも知れない。大学に進学することが私の幸せに繋がると、母は信じていた。だから母は、自分が家事をしている間に、勉強をして欲しかった。そもそも、母が通信制に通うことを許したのは、ＡＯ入試に必要な科目だけを効率的に勉強できるという、私の苦しまぎれの言い訳を真に受けたためだった。

ハンガーによる襲撃後、私は家に居たくなかったので、祖父の家でお茶を飲んでいた。曽祖母と祖母は他界し、そこには癌と認知症を患う祖父がいるだけだった。私は祖父にお茶を入れ、一緒にお菓子を食べていた。祖父には理解できないし、何も話さなかった。だが母は「私が祖父に泣きついた」と、いつもの被害妄想を膨らまして怒鳴り込んできた。このことが発端で、私は母と喧嘩した。なぜ関係のない祖父にまで伝播させるのかと許せなかった。

母は機嫌を直さず、ことあるごとに突っかかり、帰宅した私を小馬鹿にする態度を崩さなかった。私も初めて謝らなかったので、喧嘩は至上最長に長引き、三か月以上も続いた。私にとっては、二週間目くらいから既に持久戦だった。もう発端の怒りはどうでもよくなっていて、得意のすり寄りでも何でも、母が謝るか、猫のように態度を変えるのを待っていた。

今までは無理矢理にでも自分が悪いのだと解釈していたが、このときだけは違った。その意志は割と固かったが、三か月も怒りを持ち続けるに足る原動力ではなかった。

私はそのとき、個人的な葛藤を抱えていて、変化した環境の中で新しいことにも挑戦していた。そんな中、母に不機嫌で居られると余計なエネルギーを消耗してしまう。それに、母が不機嫌だと他の家族にも迷惑がかかる。私がつまらない意地を張らずに、謝ってしまえば解決する。もし私が謝って母の気が収まるのであれば、今まで通り、それで水に流してしまった方が、精神的に母を凌駕しているとは言えないだろうか。

そこで、私は母の良い面だけを考えるようにして、学校帰りにショッピングモールへ行ってプレゼントを買った。「ありがとう」と書かれたクッキーの入った、可愛い紅茶セットを見つけた。私は「ごめんね。いつもありがとう」と言って母に渡した。

だが、母は私の目の前で、プレゼントをゴミ箱に捨てたのだ。私は直観的に、愛を捨てられたと思った。「そんなこと思ってないでしょ」それが母の言葉だった。私は堪忍袋の緒が切れた。怒りが爆発するというよりは、蝋燭の灯りが一瞬でフッと消えたような静けさだった。今まではずっと、どんなに理不尽なことでも、どんなに理性的に考えて私の方が正しくても、喧嘩をしたら私が先に謝ってきた。部活バッグで殴られても、平手打ちされても、包丁を向けられても、熱したフライパンを投げられても、我慢してきた。母はいつも、さんざん人や物に当たったり、暴力や暴言を浴びせておきながら、後で自分のしたことに後悔し、猫なで声ですり寄ってくる。不機嫌だったのに突然、後悔を感じて、手のひらを返したように妙に優しくなるのである。喧嘩の原因がどうであれ、こちらはとうに面倒くさくなっていて、母の機嫌が直ればそれでいい。こうして母は、自分は謝らずして自然と和解してきた。

私の家族には、誰に対してもそうである。

しかし私はもう、母には絶対に謝らないことを誓った。母がすり寄ってきても、冷淡に跳ねのけて拒絶し続けようと決めた。母が自分から私に謝らない限り、絶対に折れるつもりはなかった。私と母の関係の未来を考えても、その方がいいと判断した。

するとその一週間後のことだった。母は階段を降りるのに足が痙攣《けいれん》し、その後も真っすぐに歩けなくなった。病院へ行くと、脳に腫瘍《しゅよう》があることが発覚した。時既に遅し、余命一か月とのことだった。

私は病院で、母の余命宣告を聞いていた。私は不孝にも「ズルい」と思った。「最期まで私に向き合うことなく、逃げるのか」「これでは、すべてが腫瘍のせいになってしまうではないか」「母の理解不能さの、どこからが腫瘍のせいなのか、わからないではないか」「母は私に、母を怒ることさえ許さないのか」「いくら怒っていても、余命宣告を受けた人間に、冷たくできる筈がないではないか」……私は非常に複雑な気持ちで、日に日に弱りゆく母を、父に言われて介抱していた。

自分が死ぬとわかっていて、誰も不機嫌でいたくないだろう。だから晩年の母は、とても優しかった。しかし、私は母が何かしてくれようとする度、やんわりと断って、それをさせなかった。父に言われない限り、介抱しなかった。そのことに関しては、父に何度か酷く叱られた。晩年の母が優しいことをいいことに、私は母自身から許しを得て、よく外へ出かけた。私は親不孝だと思いながら、晩年の母と、あまり向き合おうとしなかった。だから母との別れは、かなり後味の悪いものとなった。母は次第に、私に関心を示さなくなった。「あんたは、私が死んだ方がいいと思ってるんでしょ」「いいよ。望み通り、もうすぐ死んでやるから」と言っていた。

母の死の何日か前、まだ言葉をかろうじて話せたとき、母は父の名前を読んだ。そして、その場にいた家族の名前を呼び、彼らの手を強く握った。母は私が近くに居ることを知っていたのに、私の名前は呼ばず、手も握らなかった。父が、私の手を握るよう促したのにも関わらず

……

そして次の日には、母はもう言葉を発しなくなった。

数日後、母は死んだ。その日からは、涙が流れていた。

私は通夜も葬式も、泣かなかった。というより、泣けなかった。親戚からは「つらいね」「大丈夫？」と言われるが、ちっともそんな気持ちではなかった。

「最後の最後に、私は母に見放された」「きっと、母は私を憎んで死んだに違いない」「私に対する母の愛は、消えたまま死んだのだ」「私は、最後に愛されなかった」「いや、そもそも愛されていたのだろうか」「少なくとも愛を感じることができなかった」「悲しくない」「こんな自分の非情さは、凡そ人間ではない」「私には、血も涙もない」「親不孝だ」

一度でいいから、愛していることを伝えて欲しかった。その言葉が、最後に一つでもあれば、

私はその後、母の愛を疑い、長いこと苦しみ、愛の実感に飢え、自責の念に駆られることはなかっただろう。私は、本当に絶望した。

母が亡くなる前の年に、祖母は他界した。祖母は亡くなる少し前に、「私なんて、いない方がいいんだね」と言っていた。こんなことを言わせてしまったことが哀しくて仕方なかった。それが、私が祖母から聞いた最期の言葉だったからだ。私は、私を愛してくれた祖母にこんな言葉を言わせてしまったことが大変ショックで、祖母にできなかったぶん、同じ癌と認知症を患う祖父に尽くそうと思った。学校に行く前と放課後に、かならず祖父の家に寄り、ご飯を食べるのを見守ったり、歯磨きをさせたり、ケアマネージャーや看護師の手伝いをした。

しかし母が死んで間もなく、祖父も亡くなった。曾祖母も祖母も祖父も、それから母も、この世から一斉に亡くなってしまったのは、私が家に闇を持ち込んだせいではないかと思った。その闇の毒を孕んだ胞子が、精神の無意識から身体の細胞を犯し、癌になったのではないか。祖母は優しい人で、私が「スイーツを食べたい」と言ったら、「私も食べたいから」とお金を渡してくれた。本当は、食べたいわけではなかっただろう。私のために一緒に食べてくれていただけなのだ。その添加物いっぱいのスイーツが、高齢の祖母には毒だったのではないか。家族を殺したのは、この私なのではないか。

しかし、今では、そんなふうには思わなくなった。

ただただ、私はこんなにも深い愛のなかで、守られて育ったということを、涙が溢れるほど嬉しく思うばかりである。机の上の写真立てを見ると、感謝で涙が溢れてくる。

何度、晩年の祖母を思い出して泣いたかわからない。しかし祖母は、私の夢に出てきて「あんた、頑張り過ぎだわ」と言ってくれた。私はそのとき、本当に、祖母から愛されていたと感じた。スイーツを一緒に食べてくれたのも、すべて愛だった。私はそれを無条件の愛と受け取ったときに、懺悔の気持ちは消えた。

何度、やっと母を許せたと思ったか知れない。ふと瞬間に母を思い出すと、急に恨めしく思ったり、怒りが込み上げてくることがある。

なぜ？　なぜ、まだ許せないのか。いつまで、そこにいるのか？　いつまで自分を憐れんでいるのか。怒りを持つということは、自分を憐れんでいるということだ。自分が被害者だと思うから怒りを持つ。いつまで苦しいと解っていながら、そこにしがみつくのだろう。

こんなに許したいのに。解放されたいのに。その方が楽なのに。そのために、何度怒りが込み上げて来ても、愛と捉えようとしてきた。愛したいのに、愛せない。それは、母も私も同じだったのかも知れない。

写真立ての母は、いつも笑っている。私の中の母のイメージも、今はたくさんの笑顔に包まれている。母のイメージが、ネガティヴなもので埋め尽くされていたときもあった。これからも、私は自分の中の悲観的な母と出逢っていくのかも知れない。

愛を平面的なところで見ると、愛はあるところにはあるし、ないところにはない、ということになってしまう。しかし、振り返ると現象の根底にはいつも、愛があった。

母が正しかったとは思わない。しかし、私は母から愛されていた。

私も小さい頃から、母を愛している。

じんわりと、心が温まる、この感覚だけが証明だ。

令和元年　八月二日

夢　誰かが何かの過程を発見したと言って、それを表した（直接的にか暗にかは不明）模型のようなものを私に見せた。一つ目は容器か何かの縁に人型が手をかけている図。二つ目は、人型が縁の上に腹這いになって乗っかっている図。三つ目は容器の中に敷き詰められたブルーベリーの上で人型が仰向けになっている図。それを見た後、気づいたら私は三つ目の黒い人型と同化したように大量のブルーベリーの上で寝ていた。

ブルーベリーが大好きなわけではない。
だが、「誰か」は重要な過程と言っていたので、きっと重要な過程なのだろう。
「わかさ生活」のCMで、ブルーベリーは栄養満点で、目に良いという印象がある。
昔、曾祖母が庭先で育てていた。

令和元年　八月九日

夢　厚いマントを着たピエロのような悪魔がこちらを見て気味悪く笑っている。悪魔は黒い岩（崖？）によじ登っており、その頂上にはナチスのような軍帽を被った巨大なイモムシが座っていた。黒い岩の隣には大きな箱があり、中には何かが入っていたが、その一番上には人間の顔の表皮を丁寧に剥いだものが一枚置かれていた。

悪魔やイモムシのいる岩と向かい合うように、イモムシの顔のある方角には塔が立っている。塔の上では広いつばの帽子を被った老婆が、頭を抱えてうずくまっている。

塔の後ろからは黒い何かが這い出ていた。

岩や箱や塔の景色の前には、頬のこけた巨大な赤ん坊が仰向けに寝ていた。しかし、それは段々と壮年の女性が苦しそうにうつ伏せで呻吟している様子に変わり、また最後には科学者か物理学者を彷彿とさせる、鷲鼻に後ろ髪の下がった白髪の老爺が仰向けに息を引き取ろうとしている姿に変わった。


理性的な世界の限界を見せられたように感じた。

この鉄塔を上っても、よぼよぼの精神性が居るだけなのかも知れない。

それは、つばの広い帽子で自分の頭を隠し「もう知りたくない」「もう聞きたくない」と、心にみずみずしい感動が消え去っていくことに、苦しんでいる。

黒い岩は、鉄塔より精神性を感じる。ナチスの軍帽を被った芋虫は、鉄塔の方を見ながら、将来的に蝶になって飛び立とうとしている。しかし、岩の隣の箱が表現しているように、芋虫は箱のなかに詰め込まれた知識に、面の皮を貼ったようなものなのかも知れない。

もともとピュアで純粋だった赤ちゃんは、そこから母性的な世界が抜かれ、みんな科学者になって、息を引き取る。それを見ながら、頑強な岩に張り付いた悪魔は、「どうせ、こうなるけどね」と、飛び立つ芋虫の末路を嘲笑っている。

令和元年　八月二十九日

夢　自分にとって生産的な活動をしたいと望めば望むほど、信じがたいほど強力な眠気に襲われた。私はその眠気に逆らうことができず、眠ってしまう。時折目を醒ますが、それでも身体を起こせないほどに眠いのである。しかし、本当はもしかすると眠くはなくて、単に身体を起こしたくなかっただけかも知れない。身体を起こしてしまったら、それは文字通り「起きた」ことになってしまう。「起きた」とはつまり、それまで長い時間寝ていたということ＝長く無駄な時間を過ごしていたということを、まざまざと自覚することに等しい。

途方もない罪悪感から、暗く澱《よど》んだ雨の日の排水溝に溜まった重たいヘドロのようなものが、私の体内から胃液のごとくじわじわと分泌され、それがゆっくりと私の物事に取り組む意欲を溶かし、殺していくのである。

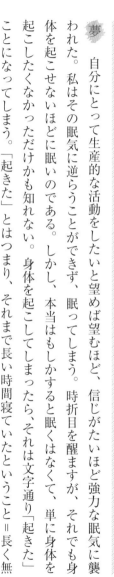

だからこそ、それを予見した私は、眠たくなくても「自分は眠いのだ」と錯覚して横たわっているのかも知れない。だが、実際のところはわからない。体感的には、本当に眠いように感じる。

私は結局、何時間も何時間も、もはや寝ていることに若干の苦痛を感じるようになるまで性懲りもなく寝続けた。ふとまた意識を取り戻したとき、顔が酷く浮腫《むく》んでいるような気がして、漸《よう》く身体を起こす決心をした。風呂場へ行き、洗面台の上の大きな鏡に自分の顔を映す。すると、私の口元は草を食む草食動物が植物をすり潰す際に、歯を横にずらす、まさにそのときのように歪んでいるのである。そればかりか、私の首はアルパカのごとく不自然に伸び、さながら阿保面のろくろっ首のようであった。

ろくろっ首は、首が胴体と繋がっているものは無害で、首から上だけが飛んでいくものは悪さをするといわれている。精神が肉体から切れてしまうと、まとまりがつかなくなって大変だ。

私は寝ながら、いっしょうけんめい首をのばしていた。

令和元年　九月五日

夢　隔離された施設（競技場に似ている）があり、そこには得体の知れないもの（怪物や魔物か何かの類い）が蠢《うごめ》き犇《ひし》めきあっていた。施設は学校の敷地内にあり、校舎と渡り廊下で繋がっていた。生徒のほとんどは剣や甲冑を与えられ、その魔物たちと戦う先生のような役目を任されており、クラスの中では私だけが騎士ではなかった。騎士たちが学校中の誇りであり、誰もが彼らを盛大に応援し、称《たた》え、私もまた彼らを誇らしく思うとともに、尊敬と慰労の念を強く持っていた。騎士たちのシンボルマークには、空と地上のそれぞれの最強が融合したグリフォンのようなものが使用され、それがプリントされた妙味なパーカーなどの衣服が校内で販売されるようになった。騎士に任命されている生徒たちは好んでそれを買って着ているため、私を除いた生徒は、多少の違い（トレーナーか、パーカーか、カーディガンかなどの違い）はあれど、同じシンボルマークの衣服を身に纏っていた。

私は校内で販売される、その騎士たちのパーカーを恰好良いと思っており、欲しいとさえ感じていた。そんなとき、クラスメイトの一人（彼女も騎士である）が後ろから私の肩に腕をやり、「一緒に購買へ行こう」と誘った。彼女は「気にすることはない」と言ったけれど、私は自分が騎士ではないのに、そのシンボルマークがついた服を買うなどということは、とても気が引けて、できるようなことではないと断った。

騎士である生徒たちは、学校へ登校する度に毎日、生死を賭けた戦いに出ている。それなのに自分は、同じように生徒でありながら、劣等感や疎外感の類いを除いては至極平穏に時を過ごしている。実際に戦いによって亡くなる生徒がいるように、彼らにはいつでも死の懸念が付き纏っている。下校前の「帰りの会」で、操行の面に問題のある男子生徒が、悪ふざけで最中に剣を抜いたりするときにでさえ、その剣の使用感や甲冑の汚れを見て、頭の上がらない思いがしてならなかった。

まわりの子が毎日登校して教室に入れているだけで、自分より凄いと思った。

私は永遠に直進する高速道路を走っていた。無我夢中で走りながら、頭上にはいつも『直進』の標識が立っていた。次は『大学入試まで直進』だった。私はスリップして大破し、今は道路脇を徒歩で歩いている。目の前を次から次へと、車が一瞬で通り過ぎる。「あの運転席に居たんだなあ」と思う。

徒歩は車より圧倒的に遅いけれど、コンクリートの隙間にたんぽぽを見ることも、爽やかな夜風の涼しさにあたることもできる。そもそも、目指す先は直進方向でなくてもいい。

みんな標識に『直進』と書いてあるから、『世間はこうだ』『常識はこうだ』と言うけれど、本当はスリップしなくても、自分で車を降りて、好きなところへ行くことができる。

令和元年　十月一日

夢　私は自宅のアパートの敷地内で何人かの人々（全員知らない人で、二十人くらい）と共に、大型犬から小型犬まで、様々な犬種で構成された犬の軍団から逃げていた。

犬たちは、歯を剥き出しにして物凄い形相で吠え哮《たけ》っている。見るからにどの犬も興奮し切っていて正気ではないのだが、それは犬たちが、得体の知れないブリキの人形（黒いタキシードを着た紳士のような姿）に操られていたからであった。ブリキの人形は何か人間に恨みがあるらしく、それで犬たちを狂わせ、私たちにけしかけていた。

犬たちとの攻防戦が続く中、その日は何日もの間、犬たちから隠れおおせているときだった。その日、私は二、三人の仲間と共に、とても温厚そうな長毛の大型犬が、お尻を振りながらルンルンとした様子で三階（私が住んでいる階）へ階段を上がっていくのを目撃した。

温厚そうな犬を珍しがってついていくと、ふいに大型犬は豹変も甚《はなは》だしく牙を剥き、私たちが尊敬して頼りにしていた儒学の先生を襲い、彼を転落死させてしまった。それに肝を冷やした仲間が叫んでしまい、犬たちに居場所を教えることとなった。これを境に敷地内は再び戦場と化してしまった。犬たちはみんな狂犬病や黒死病に罹っていたので、噛まれたら最後だった。私たちは逃げまどい、途中何人もが噛まれ、肉を食まれて死んでいった。

しかし、私を含め何人かは「くたびれた黒い服の男の人形」に助けられ、犬たちを巻くことができた。というのも、黒い服の人形は私たちに正しい逃げ道を教えては、犬たちに間違った方向を教え、犬たちの邪魔をしたり、身代わりに噛まれたりしてくれたからだった。

黒い服の人形は、悪いブリキの人形や犬たちの仲間であったため、これは裏切り行為だった。よって、最後に黒い服の人形が犬たちに追い詰められ、敷地内の駐車場でブリキの人形に殺されそうになり、夢は終わった。

黒い服の人形がなぜ私たちを助けてくれたのかは定かではないが、思い当たることとしてまず、彼は人間を恨んではいなかった。彼はもともと気の優しいおじいさんの持ち物だった。おじいさんは亡くなっているが、生前、おじいさんは彼に〝服ではない〟何かの布から彼の服を作って着せてやった。どうやら、この服が「もともと服ではない何か」からできていることが非常に重要らしく、彼はそのことをブリキの人形や犬たちから馬鹿にされ、嘲られ、仲間外れにされていたのだった。

ブリキの人形は、無機質な感じがする。紳士のような服を着ているが、ブリキなので胴に直接、絵で描かれている。黒い服の人形は、黒い布の服を纏い、顔や手足もやわらかい布でできていた。ブリキで象徴されるような物理的で表面的な世界は、すべて敵だと思っていた。

温厚そうな犬すら、急に豹変してブリキの味方になってしまうほど、外の世界はブリキに支配されている。

ブリキの世界は、儒学の先生（二つの世界の均衡）を破壊して、もの凄い勢いで迫ってくる。

唯一助けてくれたのは、「くたびれた黒い服の男の人形」。

黒い服の人形は、おじいさんから大切にされていた。

人間的な愛の世界を感じていた。

頼りにしていた知識では、ブリキの世界に対抗できなかった。本当に守ってくれるものは、知識ではなく、現実で実際に、人のなかで感じてきた、やさしい手触りの温かいもの。

その感覚が、正しい道を教えて、助けてくれる。

「もともと服ではない何か」とは、目に見えない、おじいさんの愛だろうか。

表層的なところだけをとったら、つらいことばかりだったかも知れない。

しかし、みんなと一緒に存在している、その背後にある融合。みんながそれぞれ、好きなことや楽しいことをしている、その背後で輪郭を溶かし合うような、そういう感覚は好きだった。

人が好き。関われなくても、存在していること自体が、好き。

その感覚が、黒い服の人形。

当時は、黒子に徹したかった。実際に関わると、影響を受けてつらくなる。たとえ私の存在をみんなが認識してくれていなくても、幽霊みたいに見ているだけでも、横の繋がりを感じていた。

令和元年　十月二十二日

夢　夜、サーカス団か何かの貨物列車らしい編成のうち、どこかの一車両のコンテナの中に居る。コンテナなので座席はなく、私は体操座りをしていた。同じコンテナには、私の他に、生まれたばかりのキリンの子ども、小さなワニ、ライオンが乗っている。地方の電車でよくある対面席のような具合に、私たちは2対2で向かい合っていた。

貨物列車の走行時間は、ほとんど一瞬で終わった。従って、いつ、どのようにして乗ったのか、どのくらいの時間乗っていたのかはわからない。だが走行中、私はライオンの瞳をじっと見つめ続けていた。というのも、非常に漠然とした感覚として、ワニとライオンが、幼くか弱いキリンを襲うかも知れないと思ったからだった。しかし、それは牽制したり監視したりする意味で見つめていたのとは違った。ライオンを恐れる気持ちがなかったと言えば嘘になるが、むしろそれは自然に対するときのような、尊敬を持った畏怖の念に近かった。

同じ一個体の生命として両者（私とライオン）は対等の関係にある。それでいて〝尊敬〟というのは、そのライオンが、人間に飼われて自然の暮らしから切り離されてしまいながらも、この狭くて暗くて寒いコンテナの中でさえ、宇宙の自然物としての威厳と輝きと崇高さを失わないでいたためであった。私はライオンの瞳を通して、際涯ある生命同士、共にこの世界を生きているものとしての憐れみや哀しみを共有しているように感じていた。ライオンはその間、何を想っていたのかはわからないが、ライオンもまたキリンを襲うことはおろか微動だにせず、じっと私の眼を見て視線を離さなかった。

コンテナの扉はキリンの側にあった。車両が停まると、私は扉を開けて幼いキリンをすぐさま抱きかかえ、コンテナの外へ降ろした。キリンは震えていた。すると続いてライオンがゆったりとした足取りで、ワニはきびきびと、次々にコンテナを降りていった。

私も降りようと思って足を台座に、手を扉にかけた。するとサーカスの団長は、私とキリンが無事だったのは、ライオンが人に飼われていたために腑抜けになったからだと言った。

サーカスの団長が「腑抜けになったからだ」と言ったとき、少し腹が立った。

彼は、このライオンを理解していない。わかっていない、と思った。

星ふる夜の、貨物列車のなか。四角四面に閉ざされたコンテナが、いくつも連なっている。

列車はサーカスの所有で、運んでいるのはすべて、ショーで使う道具、サーカスの団員や動物たちだった。

コンテナに個々の世界はひろがっているが、みんな一緒に、同じレールの上を走っている。

向かい合うライオンの瞳の奥に、たましいの世界がひろがっているのを見た。

それでも、ライオンは人間の影響を受けた野生だった。

調教を受け、餌付けされながら、飼い慣らされている。

しかし私は、それが、単に対外的なものであると感じていた。

対外的には「腑抜け」でも、ライオンの真価は、そういうところにはないと信じたかった。

(これが、はじめてワニの出てきた夢。のちにワニは夢のなかで、なんども私を襲うようになる。この夢のワニは小物感があって、ライオンの子分のような感じがした。

ライオンは視界に入らないのか、ワニに関心がない。)

令和元年　十月三十一日

夢　私は夢の中で、二十代後半くらいの男だった。どこかの企業にも、研究機関にも属さず、つまり無職だったが、非常に熱心に、精力的に、何かの研究をしていた。私はどこか山に近い住宅街の中、築年数四半世紀以上の、よく見られる薄汚れて映えない(しかし悪い印象ではない、素朴な)外観の二階建てに住んでいた。周辺は同じ時代に同じ業者によって建てられた家ばかりで、私の家もまた、周りの家々に擬態《ぎたい》しているかのように、住宅街の中に溶け込んでいた。しかし私はというと、研究のために一日中部屋に篭りがちな毎日だった。私は無自覚にも、社会や他人から隔絶された暮らし振りをしていた。しかし、私には研究を共に進める、同じ志を持った仲間がいた。名前はわからない（実在しない）が、友人であり同士である同い年くらいの男（大学か、大学院かでの同級生と思われる）と共に、同じ屋根の下、膨大な本や資料に埋もれながら研究だけに勤しむ日々を送ること、既に何年か経っていた。

そんなある日の夜中、外は土砂降りの雨が降っていた。私たちはお金がないので電気をつけず、古風にも蝋燭《ろうそく》の灯だけで賑やかに（というのも、その男は悪友という感じで、互いにふざけ合える仲だった）研究を続けていた。すると突然、住宅街に喧しく警報が流れ出した。何の警報なのかはよくわからなかったが、どうやら緊急性があるらしかった。指定の場所へ避難しろということだったので、私たちは山の斜面にあって標高の高い、近くの体育館に避難した。そこには既に何人もの人々が集まっていた。しかし、彼らの誰一人として、あの警報がいったい何の危険を知らせているのかを理解している者はいなかった。従って、体育館へは誰一人走って逃げてきてはいなかったし、誰一人騒いだりパニックになったりはしていなかった。みんな警報に指示されたから、ただそのように集まったのだった。その夜、私たちを含めた街の住民たちは、体育館で思い思いの過ごし方をした。私たちは一番遅いくらいまで起きていて、のんき気にギターを弾いたりしていた。だが、夜が明けた早朝、朝日に照らされた住宅街を見下ろすと、街は完全に浸水していた。私たちの家も、その屋根がやっと顔を出しているような状態で、川の氾濫でも起きたようだった。

幸い住宅街のすべての人間は避難していて、取り残された人はいなかった。

しかし、私は嘆くべきだった。あれだけの本と資料を集めるのに、当然安くはなく、時間もかかった。何より、どの本も資料も貴重で手に入りにくい品だった。それがすべて水に浸かって台無しになってしまったのだ。それればかりではない。今まで三度の飯も疎《おろそ》かにするほど没頭し、昼夜も問わずあれだけ必死になって研究した成果と言える、膨大な量の原稿たちもまた、今では家の中に浸水した水の溶質と化しているのだ。

しかし、私はこのように悲しむのを諦めないではいられなかった。というのも、同士である男は私と同じだけの熱量で研究に身を尽くしていたというのに、ちっとも嘆く様子もなく平然としているからだった。

彼は当然のことのように、研究はまた一からやり直すつもりでいるらしかった。彼だけでなく、体育館に集まった周辺住民もまた、驚いてはいたものの、誰一人我が身を哀れんだり泣いたりしなかった。むしろ自然の雄大な景観で有名な観光地を訪れた観光客のように、静かに浸水した自分たちの街を眺め続けていた。

それは、人工物に溢れていても私たちの生活が自然の一部であるように、目の前で起こっているこの非日常もまた、自然の一部であるといったようで、誰一人この出来事を事実以上の災難と認めず、毎日の生活と変わり映えしない日常の一部として見ているようだった。
この場に悲しみの感情が起らなかったのは、もちろん死人や怪我人が出なかったというところにある。しかし、それにしても彼らの反応は清らか過ぎるような、不自然な感じがし、また詩的で美しいとも感じた。

この時点で、三年間書き続けていた。この日記は、ほとんど自分の分身のようなものになってきた。でも、それがすべてなくなったとしても、それはそれでいい。すべて失っても、それはそれで、何か意味のあることだと思った。

令和二年　二月三日

夢

洞窟《どうくつ》のようでもあり、モグラの隧道《とんねる》や蟻の巣のようでもある、迷路のように複雑怪奇な、不思議な空間がある。そこでは駅地下のショッピング街のように（あまり似ていないが名古屋駅のサンロードを想起した）、様々な物品が販売されていた。私は中学生なのか、高校生なのかはわからない。学年も定かではないが、とにかく三年制の学校に通っているらしかった。そして私は、自分の学年の担任教師に引率され、他の生徒たちとは少し離れた後方に陣取り、地下の迷路のような空間を一緒に歩いていた。観光地のお土産屋さんを彷彿とさせる、ガチャガチャとしたグッズには興味がなく、私は心に何の感動も起こらずに、ただ歩くためだけに、「前」に従って歩いていた。しかし暫くすると、いつの間にか私の「前」に誰一人居なくなっていた。気が付くと私は、学年の列の先頭に居て、担任は消えていた。

周りの景色も、ガチャガチャとしたグッズなどは見えなくなり、暗い未踏《みとう》の洞窟のように思えた。私は、今どこに居るのか、どこに行くべきなのかもわからず、担任教師が連れていこうとしていた先も、それがどこであり、どのようにして行くのか、全然わからなかった。止まってはいられないので、私は焦って適当な方向に、直感的にほとんど当てずっぽうで、足早に暗闇を進んでいった。だが、後ろはゾロゾロとついてくる。

たとえ、その先に光が見えなくても、電車ごっこのように前について来ていた。

そうしなければならないと思っていた。しかし、その構造のなかに興味を惹くものは、あまりない。

心の深層の世界から、本当に好きだと思えるものを探しはじめた。

自分のことなので、気づいたら前がいない。ふいに道なき道を歩くことになった。

令和二年　四月十三日

夢 夜。寝室（家族三人で寝ていた）に忍び込み、母の隣の蒲団（実際は私の蒲団）に寝ている誰かを殺した。『殺した』その感触は、指先からその精神の微細なる隅々の感覚・感情まで、夢とは思えないほど実に現実的かつ、リアルなものであった。

母は隣の人間が死んだので、自分が殺したと思い込み、自責の念に駆られていた。私はそれに知らぬ振りをして、殺した人間が寝ていた蒲団で寝た。私がトイレに起きたとき、母が先に入っていた。トイレから出てきた母は、（トイレの前の空間が非常に狭かったので）扉の向こう側に避けて私に道を譲った。なんだか、私に気を遣うような厭《いや》な感じだった。

母は私に対し、罪悪感を抱いていたのかも知れない。あるいは私を殺したのは自分だと感じていたのかも知れない。しかし、私を悩ませたのは過去でも母でもなく、傷ついた自分自身だった。

令和二年　四月十五日

夢　自然豊かな田舎の、緩やかな山の傾斜に細い道があり、両側は作物の葉が萌え繁った畑や田圃《たんぼ》だった。畑や田圃は、道よりも高いところにあり、道はまるで溝《みぞ》のようにずっと低い位置を真っすぐ、十字に、または格子状に通っていた。そのため、田畑は道に土砂が崩れないよう、幅の細い塀で囲われていた。

つまり、やけに鬱蒼として森と一体化してしまっている大きな段々畑といった感じで、私の家はその段の一部にあった。だが、家には「刻の部屋の鍵」を探して魑魅魍魎《ちみもうりょう》の小隊が入り込んでおり、私は無線機によってそれを知って帰れずにいた。

私は家の付近から畑の傾斜を下っていき、その段の行き止まり（幅の細い塀）に腰を下ろした。足をぶら下げて座っていると、目の前の道を二人の人間が、それぞれ太ったワニ（生け捕りにされた）の頭と尻尾を持ち上げて十字路を渡っていった。

ふいに足元を見ると、手前の雨貯めの溝に、異様に痩《や》せ細った、飢餓状態の小さなワニがいる。暫くじっとしていたワニは、私の存在を認めると、急にぶら下げた足を目がけて飛びかかってきた。私はとっさにそれをかわしたが、塀の上に足を上げても、ワニは諦め悪く何度も飛び付いてくる。ワニが私の左足に届こうかというところまで跳ね上がったとき、私はワニの口を両手で掴《つか》み、開かないように抑えながらワニの頭を幾度も足蹴にした。これで逃げるだろうと思っていたが、思ってもみないことになった。

私は同じところに座っているのだが、眼の前は霧深い夜に変わり、十九世紀のロンドンを思わせる、瓦斯灯が立ち並ぶ大通りとなっていた。

ワニは最初、痩せ細りながらも現実的なワニの様相をしていた。しかし今度は、頭から下を黒いローブを着た人間の姿に変えて、霧の煙る遠くから近づいてきた。このとき、ワニの輪郭は鉛筆画のようになり、双眸はくり抜いたように丸く、大きく、鈍い金色に光っていた。

通行人（現代の服装）が通る度に、ワニの矛先はそちらへ向き、こっそり背後へ近づいていっては、走って逃げられていた。個別に近づかれるまで、通行人たちはワニの存在に気づかないようだった。飢えているので俊足ではないが、逃げられてしまったのは、通行人が子どもでも老人でもない、比較的若くて活発そうな男女ばかりだったためであった。通行人の多くは、イヤホンをしていたり、歩きスマホをしていたりした。

何も知らない通行人たちが一時的にワニの足を止め、矛先を私から逸らすが、ワニは途中から通行人のことは追いかけることもせず、ただ視線を奪われるだけで、真っすぐ私との距離を縮めていった。現実的な様相を呈していたときのワニよりも、鉛筆画的な線を有したワニ頭の人間という異形の姿の方が、霊的な何かを感じてずっと恐ろしく感じられた。

私は決断を迷っていた。背後には魑魅魍魎の蠢く家。しかし目下の大通りへ飛び降り、走って逃げたとしてもワニに追いつかれない保証はない。

幽霊のようなワニにゆっくりと距離を迫られる中、徐々に目が醒めた。


「刻の部屋」は、時空を超えられる。過去、現在、未来へ、自由に訪れることができる。

過去へいくと、トラウマが増長する。

現在へいくと、現実にワニを投影してしまう。

未来へいくと、未来が不安になる。

現実的にはそれほど大したワニではないが、それが自分の影に影響を及ぼしてくるようになると、手に負えなくなってくる。

子どもでも老人でもない男女は、みんな社会でバリバリ働いている。

活発なので現実に興味があるから、ワニに気づかないし、そこに関心がないので逃げられる。

しかし私は、背後の魑魅魍魎を感じながら、そこにある闇が気になっている。幻想的なワニと、相対基準が合うから、ずっと目が合ってしまう。

その眼窩に吸い込まれると、そこは魑魅魍魎のいる家のような気がした。

令和二年　四月十九日

夢　朝か昼。鷲か鷹かよくわからないが、猛禽《もうきん》類がさめざめと青い穹窿《きゅうりゅう》を滑空していた。「深い森」と「翠の大平原」との境界が、自然のわりにかなり真っすぐに、きっぱりと分かれているそこには、大平原の向こう側に、武装した女性戦士たち（アマゾネス）が隊列を組んでいた。

するると、深い森の中から四頭の巨大な肉食型恐竜が現れ、鋭い歯の並んだ怪口を拡げ、地鳴りのような咆哮《ほうこう》と共に容赦なくこちらへ突進してきた。

それを認めると、アテナやアルテミスを彷彿とさせる西洋の甲冑で完全武装した勇ましい女大将が、敵の方向に剣の切っ先を向け、猛々しく合図を叫んだ。女大将が一人先に、迫りくる巨大な恐竜へ向かっていくと、後ろのアマゾネスたちも剣を抜き、声を張り上げながらそれに続いた。

四頭の巨大恐竜とアマゾネスの戦士たちは互いに正面から衝突し、何人ものアマゾネスたちが蹴散らされ、死んでいった。

何度か敗れるのだが、その度にアテナのような女大将は、時を戻したのか、アマゾネスたちを蘇らせたのか、とにかく戦いはまったく同じ起承転結を二、三回繰り返した。
三、四回目に猛禽が空を飛んだとき、私の視点はアマゾネスの隊列の中に入っていた。私はアマゾネスの戦士たちと共に、女大将に続いて恐竜に向かっていった。場面は変わり、どうやら女大将と私を含めたアマゾネスたちは、三頭の巨大恐竜を討ち倒した。

しかし、そのうちの一頭は森の奥へ逃げ、安全な場所を見つけていた。そこ（安全な場所）には小さな古い祠《ほこら》があり、その周辺は祠の主に護られている。祠の主は、その地上の何よりも背が高く、幹の太い、歩く巨木であるが、今は周辺を巡回しているのが見えるため、祠の近くには居ないらしかった。

恐竜は祠の主の眼がない間、そこに留まらせて貰おうとするが、そのとき、祠の中から小さな老木の枝が現れた。老木の枝には、四肢に見立てた小枝と、顔がついており、人間のように動いた。老木の枝は、「ここに留まられても困る」というようなことを言い、恐竜を祠の主の領域から追い出した。

場面は変わり、私は大学の校舎前に居た。何故か大学の先生方や先輩たちは、少し柄が悪いか、私の苦手とするタイプの人たちばかりで、みんな校舎の前に立ち並び、睨みをきかせながら屹立している。私を含めた新一年生は、私の一番苦手な球技であるサッカーで、何かに勝たなければ校舎に入ることができず、初回の授業を受けることができなかった。新一年生はどうやら女の子しかいないようで、私は気づけば彼女たちのリーダーとなって、彼女たちの先頭で何かと戦い、どのようにかはわからないが、勝利した。

新一年生たちの勝利が決まると、どこか後ろの方から、黒く焼け焦げたボールが二個転がってきた。それは私たちのボールではなく、なんとなく〝偽物〟だと思い、私は前方（校舎側）に向かって強く蹴り上げた。

本来ならば、先生方や上級生たちに、先に校舎へ入って貰うよう譲るべきなのかも知れない。しかし、私は敢えて先生方や先輩たちの列を突っ切り、堂々と一番最初に校舎の中へ入っていき、下駄箱で靴を脱いだ。


現実的なワニは、だんだん幻想的な姿になっていった。

そのときワニと、背後にいる魑魅魍魎は、ワニの金色に光る目の奥で、なんとなく繋がっているような気がした。敵が現実の世界にいるのではなく、心のなかに、その原因があるのかも知れない。

ワニよりも、よくわからないものを家（古い祠）から追い払うことに決めた。

最初は、アマゾネスたちが闘って、滅んでいくのを、ただ見ているだけだった。

しかし、三、四回目には彼女たちの一員となって、いっしょに闘う。

知識をつかって、現実的に闘っていたかというと、見ているだけだった。

でも実際、蓄積した武器を持って闘ったときに、すべてではないが恐竜を倒すことができた。

場面が変わって、サッカーをしなければならない。

夢のなかでサッカーをしていたイメージはなく、気づいたら、勝っていた。

私はサッカーが絶望的にできない。きっと、自分の力で勝ったのではなかった。

後ろ（過去）から転がってきたサッカーボールは、焦げてボロボロだった。

そのボールが使われた試合は、アマゾネスたちが何度も全滅するような、壮絶な死闘だったのかも知れない。

そのボールは、勝ったときのボールとは違うと思ったので、校舎側へ蹴った。

私はなんだか誇らしい気持ちで、堂々と、すかして歩いた。

令和二年　五月九日

夢
私は長いローブを纏った、同い年くらいの男だった。
どこか西洋風の邸の中――ポオや乱歩の幻想怪奇探偵小説の舞台を思わせる、安直な表現ならば「ドラキュラ伯爵の館」とでも言えそうな、どこもかしこも薄青く暗い敷地の中で、私はその邸の主人に仕えていた。どうやら主人は邸の謎を解いて欲しいようで、私は一人任務に当たっていた。その謎とは、邸の者が次々に殺されているということである。

私が命懸けで調べる内にわかったのは、邸の壁には至るところに仕掛け扉があり、一見何も見えないのだが、突如としてミイラが収まっている空間が開き、ミイラの後ろから悪党が出てきて、その場に居る者を殺すということであった。私は悪党に殺されそうなところを幾度も闘って命からがら抜け出し、何とか邸の主人にことの真相を伝えた。

一連の調査で感じた『命の危機』というのは、目醒めてからも、果たして自分が命に関わる修羅場を数々くぐり抜けてきたかのような自惚れを感じるほどには、かなり凄絶な緊張感を伴うものであった。悪党は複数人いるのだが、少なくともその代表格は、主人の使用人でもある男だった。邸の主人は私に、それら悪党を退治するように言った。厳格な命令という感じではなく、そうしてくれるといいといったふうである。

ところで邸の主人には、シンプルな白いドレスを着たお嬢さんが居るのだが、彼女は私のことを慕ってくれているらしい。そのため、私が危険な仕事を請け負うことを愁い、無事に帰ってきたら抱きしめて差し上げますというようなことを言った。私は自分が死ぬかも知れないと思い、では先に失礼しますと言って、お嬢さんを軽く抱き寄せると、すぐに邸を出ていった。

ゴシックの邸のなかで闘っていた。
みずみずしい感動や、血（情熱）の枯渇した、干からびた肉体の背後から、悪党がでてくる。

大学やバイト先のレストランの人は、たましいの水分を吸われて、ミイラになっている。ふいに飛びだし、ふつうの心でいたら、殺されるような体験がたくさんある。

母の想い出もふくめ、攻撃を攻撃ではない、自分の糧にしていくような闘いをしていた。それを、どうすれば無害なものにできるのか。自分の糧にしてしまえば、それは攻撃ではなくなる。

悪党の代表格の一人は、邸の主人の使用人。悪党は、邸の主人の一部だった。

主人が「できれば」すべて退治して欲しいと言ったのは、そういう意味だった。

令和二年　六月十六日

夢　どこかのパーティー会場のようなところで、殺人事件があった。誰がどのように殺されたのかはわからないが、私を含むその場に居合わせた数人は重要参考人として、当日深夜にそれぞれの自宅で事情聴取を受けることになった。事情聴取はなぜか、先に聞き取りをした人物を引き連れて次の参考人宅へ行くという形態をとった。私は何人目だったのかはわからないが、参考人の中には知人も混じっているようだった（しかし実際の知り合いではない）。私は男で、知人の中の一人の女性とは懇意だった。最後に残りの一人の自宅をみんなで訪れた。警察や彼らがその時点でどう思っていたのかは知らないが、私はその人物が犯人であることに間違いがないと確信していた。「その人物」は、二十代後半から三十代くらいの男で、眼鏡をかけている。知的だが理性に凝り固まった印象は受けず、どこか物憂い雰囲気があった。深夜で街頭もなく、真っ暗な中、男の家の玄関の灯りだけが、オレンジ色に古びた扉を照らし、そこに家が存在していることを辛うじて示していた。玄関は小上りになっており、申し訳程度の階段が付いていた。階段も扉も外壁も、玄関灯で確認できる限りは木製で、田舎のロッジのような感じだった。

ドアノッカー（おそらくライオンが象《かたど》られていた）を幾らか鳴らしても返事がないので、一同は男の所在を探すべく無断で宅内へ立ち入った。そこには男が犯人ではないかという猜疑《さいぎ》心と共に、男の安否を気にするような心配（罪の意識からなる自殺とは限らないが、男が第二の被害者になっている可能性の考慮）も内包した、複雑な緊張感があった。いざ入ってみると、意外に広大な木造洋館だった。私たちは特に話し合うこともなく、男の姿を手分けして探した。男を探す中、私は室内の軋みや僅かな揺れに違和感を覚えた。また、独特の匂いからして、ここは実は船上なのではないかという疑惑を持った。

緩いカーブの細長い廊下は、見渡す限り壁で、思えば室内は尽《ことごと》く外界と閉ざされているように見えた。しかし、高い壁の上方に一つだけ小さく開けられた鉄格子付きの小窓を見つけた。それは塔の中の監獄の灯り取りのイメージに似ていた。

私は小窓の鉄格子に飛びつき、よじ登って外を見た。暗くて即座に海上かどうかは判断しかねたが、すぐに警察のヘリコプターがサーチライトで黒い水面を照らした。それは、私が不穏を感じて予め呼んでおいたヘリコプター（警視庁）らしかった。

自分を含めた数人が現在、徐行《じょこう》する大型船の中に居ることが明らかとなり、私は小窓から手を振って助けを求めた。

すると、警視庁のヘリの後ろからＳＡＴのヘリが登場し、マシンガンで大型船の狙撃を開始した。小型の爆弾なども投下され、私と船内の人間はみんな、海上へ飛び込み避難した。

そこには殺人事件の犯人であった男と、その助手のような立場の女の姿があった。

女は哀愁的でクールな印象だった。彼女は私と同い年くらいの若さで、犯罪に手を染めざるを得なかった不幸な過去があるようだった。彼女の成育歴は知らないが、家庭か何かの複雑な事情から、社会の闇に巻き込まれていることを推察した。私は何となく、同年代の彼女に同情の念を示していた。

場面は変わり、辺りは薄明るく早朝の様相を呈している。

船は沈没し、ヘリコプターの警察一同と、船内に居た関係者一同は砂浜に集められた。

砂浜にはラジコンのような、小さな飛行機が一つ落ちていた。犯人と女は、それによって飛び立とうとしていた。しかし、（ラジコンのように小さくなってしまったからか）飛び立つことができなかった。女に同情していた私は、ラジコンのような飛行機を拾い上げた。そして警察から逃がすかのように、紙飛行機の要領で海上の空へ何度も飛ばした。しかし何度勢い付けて飛ばしても、飛行機は浅瀬に落ちたり、返ってきたりしてしまい、最後までその場を飛び去ることはできなかった。残念がる私に、警部らしき人物は「飛距離が足りないから無理だよ」というようなことを言った。

この夢の後、大学を辞めた。


犯人の男は、理知的だが、繊細な振動をひろってくれるような感じ。

そういう理性が、誰かを殺した。殺されたのは、大学で私がかかげていた目標のようなものかも知れない。

それが死んでしまった。大学は、簡潔にいうと、大いに期待外れだった。

事情聴取を行って原因を探すと、海（無意識）の上に浮かんでいる理性が、犯人だとわかった。

もしものために用意していた警視庁のヘリは、私の側にいてくれる、無線機の周波数があう人。

SATは警視庁とは、まったく違う。大学組織、社会組織、そのような外の組織的な「力」の世界。

だから、もうそこには居られなくて、海のなかへ飛び込む。

砂浜について、女の人を、そこから逃がしてあげたいと思う。閉ざされた世界のなかから、新しい、そことは違う価値観や希望をその子に体験させてあげたくて、「他にもいいところがあるんだよ」と一生懸命逃がしてあげようとする。しかし、まだ自分には力が足りなくて、飛行機を飛ばせない。

そこに対処する、力がない。

それがあったら、希望に燃えて飛び立てる。しかし、それまでの目的が消滅し、今は何をしていいのか、まだわからない。

令和二年　七月十五日

夢　真夜中、私は知らない男と一緒に、暗い深山の森の中を走って逃げていた。最初は何に逃げているのかわからなかったが、鬱蒼とした茂みを背後に追い詰められ、その正体を知った。私のすぐ目の前には、低く唸《うな》る頭があり、同じ背丈くらいの肉食恐竜（ラプトルのような姿）が対峙していた。今に顔面を食い千切られるかと思いきや、恐竜は昂る捕食欲と野生の獰猛さを抑え、見定めるように、じっとこちらを見つめていた。

男は脚に流血を伴《ともな》う酷い怪我をしてしまったらしく、後ろで茂みにもたれて座り込んだまま、動けないようである。私はこの世界の一部として循環するのならば、こういう死に方でもいいと思った。背後の男がその後どうなるか（助かるかどうか）はわからないが、あくまで恐竜の興味は私に向いているようである。恐竜も動物なので、腹が満たされれば必要以上に殺生しないかも知れない。私が喰われることで、背後の人間は助かる可能性があった。

相手は恐竜で、私を殺すことに情け容赦も、躊躇もないことは解っている。私はできるだけ気持ちを落ち着かせると、「私の命を奪って食べるのなら、そうすればいい。でも、何かを感じてくれるのなら共感して欲しい」と何かに少しく期待して、静かに目を瞑った。

すると場面は変わり、そこには中世ヨーロッパの城のような、大聖堂のような、大きな部屋が広がっていた。柱や巨大な石扉には装飾が施され、四方は重厚な壁で覆われている。

眼の前のラプトルは、翼の生えた白い竜に変わっていた。

それは羽化したての蝉のように、仄かな薄緑色の筋を巡らせて透き通り、神聖で美しいが、人を喰らう獰猛さに関しては、ラプトル以上のものがあった。何ものにも服従しない、従順にならない自然の崇高さと、激しさと、残酷さを有していた。

私は身体に、幾つもの明確な殺気を感じた。悪いことに、その部屋には天井から不規則に垂れ下がる白いレースのカーテンに隠れて、空間を埋め尽くすほどの白い竜が存在していた。特に対峙する一頭の、力強い生命の躍動、迸る血のような、恐ろしいほど美しい迫力は凄まじかった。気づいたら私は、目の前の一頭を殺していた。頭・尾・手足・翼を切り落とし、鱗《うろこ》の付いた分厚い皮を剥いで解体した。生血を纏い、脈打つそれはタプタプとした瑞々《みずみず》しさを湛《たた》え、巨大な一つの内臓のようであった。

私は部屋を劇場で譬えれば舞台のような位置に立っていて、目の前には白い祭壇が出現していた。誤って傷つければ、間欠泉《かんけつせん》のように鮮血が噴き出しそうな危うさと、妙に生々しい、ぷったりとした感触や重みを手のひらに感じながら、私は肉塊を祭壇の上にそっと置いた。部屋中の竜たちは、その様子に注目し、祭壇の上を凝視して大人しくなった。

それは竜に対する牽制でも、脅しでも、服従を強制するものでもなかった。そして彼らは何かを理解してくれたかのように、殺気を消していった。

私はそうして、岩壁のように重く厚い石扉を開け放ち、その部屋を出た。石扉の外は広いホールのようになっていて、よくデパートなどで列を整えるためのパーテーションポールが立てられていた。私は一度脱出したにも関わらず、何故か再び部屋へ入る列に並んでいた。私より先に並んでいたのは、夢の冒頭で出てきた例の男だった。その後に緑のライダースーツを全身に纏った、変身後の仮面ライダー（S）が出てきて、私と男の間に割り込んだ。そして最後に、従兄弟によく似た雰囲気の男（K）が私の後ろに並んだ。

彼らは現実の中で私に好意を寄せたことのある人たちだった。彼らは白い竜を退治するために集まったのだが、竜を一度も見たことのない彼らは（特に仮面ライダーは）、明らかに竜の崇高で獰猛な恐ろしさを侮っているように感じられた。白い竜の命や、その美しさを鑑みることもなく、彼らはゲーム感覚で討伐に訪れているのだった。私は呆れるような、頭の痛い思いがした。私がついて行っても、行かなくても、彼らは間違いなく喰い殺されてしまう。

私たち四人は、部屋の中へ入っていった。

案の定、誰一人として太刀打ちできるはずもなく、私たちは石扉に向かって全速力で逃げ帰った。全員が外へ出たのを確認し、急いで扉を閉めるが、一頭が隙間から頭をねじ込んできた。ここで扉を完全に閉めれば、無事に逃げられる。だが、こちらは四人に対し、扉の向こうは何十匹の竜なので、押し合いには勝ち目がない。私たちは竜の群が部屋から出てきてしまうことを脳裡《のうり》に想いつつ、扉を離れて廊下を右に走った。

背後で扉が開け放たれ、竜が放出されそうな予感を感じたとき、ふいに扉の前に大日如来が現れた。大日如来は虹色に輝く絹の羽衣を纏い、青白く光る剣を手にしていた。そして扉の隙間から顔を出す一頭の顔面を、真っ二つに斬ってしまった。如来は一度、逃げ去る私たちの背中を見ると、部屋の中へ入っていった。大日如来は何も言わなかったが、「気にせず行きなさい」

と言われたような気がした。


ラプトルは野生。本能で、自然のままに生きている。

死を受け容れ、無意識の目と対峙しつつ、ゆだねる。すると場面が変わる。

そこには、目が醒めるほど美しく、神秘的で獰猛な、白い竜がたくさんいる。

目の前の竜は私が殺したのだが、闘ったイメージはなく、気づいたら死んでいた。

ラプトルが私を殺さない選択をしたということは、ある意味、ラプトルは私に殺されるかも知れないことを選んだともいえる。どちらが死んでもおかしくなかった。

それは偶然で、ある意味、天命のようなものだった。

他の竜たちは、私自体にではなく、偶然そうなったことに対して、敬意をはらっているように感じた。

部屋の外へ出ると、権威や名声や財産を求め、竜を殺そうとしている人たちがいる。

彼らは本当の竜を、一度も見たことがなく、本や伝説（知識や空想）でしか知らなかった。

無邪気な彼らは、素朴にも、竜を退治すれば英雄になれると思っていた。

英雄になりたい人は多く、そこにパーテンションポールが立てられている。

だが、竜を殺したからといって、英雄になれるわけではない。

もう一度あの部屋に入ったら、竜たちは私を殺すだろうとわかっていた。

竜は高尚な存在だが、何かを覚えることはできない。その瞬間だけを生きている。

だから自分が行ったらみんなが助かるかも知れないとは、思っていなかった。

ついて行っても、行かなくても、彼らはまちがいなく喰い殺されてしまう。

しかし、見捨てるという選択肢は、なかった。四人で入ったとき、部屋のいちばん奥にある祭壇は入口から遠過ぎて、扉から入った時点でもう助からないと感じた。

力で勝負しようにも、竜に物理的な力は通用しない。

ラプトルと対峙したのは、足に怪我をした人を助けるため。二度目に部屋に入ったのも、助力にならないが、彼らについて行ったため。

だから、そこに大日如来がはたらいてくれたのかも知れない。

令和二年　十一月十日

夢　海の真ん中にビルが建っている。水面の上からは二階分だけ出ていて、二階には天井がない。全面オーシャンビューのタワービルが建つと思った。

今まで海を見ようとして、海のなかに浸かっていた。外で生きるための身体は、水中では息苦しい。浸透圧で痛いから、目を瞑らなければならない。私が見ていたのは海底の暗さではなく、瞼の裏の闇だった。海に棲むと、海は見えない。海上からのほうが、目を開いて海を見ることができる。泳ぎ方を知っているから、潜りたいときは、いつでも潜れる。タワービルが高くなればなるほど（外に出れば出るほど）、遠くの海を見渡せる。そして、ビルの高さに関係なく、海はいつも同じ深淵さでそこにある。

令和二年　十一月二十四日

夢　私は、おでんか何かの鍋に毒を盛っている。それは自分で飲むために入れた毒だった。しかし、その鍋を食べた祖父と祖母は、毒にあたって死んでしまった。母も顔色が悪く、機嫌が良くない。母も鍋を食べていて、毒が回っていた。母が鍋の中身を、オタマで掬って私に差しだす。私はそれを、「お前も毒を飲んで死ね」と言われているのだと感じた。私は罪悪感があったので、責任を取って死のうと潔く応じた。しかし母が私にくれたのは、私が毒を入れた鍋の具ではなく、熱々の甘いパンケーキだった。私が「食べていいの？」と言うと、母は不機嫌な顔のまま「いい」という意味で頷いた。

私はずっと、曾祖母、祖母、祖父、母が死んだのは私のせいだと思っていた。自分が学校から連れ帰ってきた毒素や、病み疲れて発生させていた毒の瘴気に、みんなあてられて死んだのだと。しかし、母は毒を盛られても、私にパンケーキを焼いてくれた。

令和二年　十一月二十四日

夢　白い芋虫が、針鼠の刺繍を施されたエプロンの中をゆっくりと這っている。私はエプロンの上から芋虫を潰して、エプロンごと蓋付きのゴミ箱へ捨てた。一度捨てたのだが、私はその針鼠のエプロンが母の作ったものだということを思い出し、取り出して「ぎゅっ」と抱き締めた。そして丈の長い、赤いチュニックのような服の上に、針鼠のエプロンから芋虫を振り落とそうとした。すると芋虫の脚だけが、ばらばらと床に散らばり落ちた。

芋虫は蛹になったのだと思った。

エプロンは、汚れから身を護るもの。針鼠の針も、外敵から身を護るもの。それは、母との関係性のなかで傷ついてつくられた繭だった。蓋付ゴミ箱には、「遮断」のイメージがある。捨てたエプロンを取りだしたのは、繭を脱するのはいいが、その背後にある愛までも遮断すべきではないと感じたからかも知れない。

令和二年　十一月二十八日

夢　夜、遅番が終わってバイト先の女の人と駅へ向かって歩いていた。暗く狭く寂びれた住宅街の中を歩いていく。地下への階段を降りると、紅茶とドーナツを愉しめる喫茶店があった。私たちは、そこでお茶をすることになった。ショウウィンドウの中には、イチゴのアイシングドーナツが一つと、抹茶ドーナツが二つ並んでいた。他にも種類はあったのかも知れないが、覚えていない。私はイチゴのアイシングドーナツと抹茶ドーナツを食べようと思ったが、女の人が同じ組み合わせを選んだのでイチゴがなくなってしまった。「じゃあ何にしよう」と思っていると、普通の抹茶ドーナツの一段後ろに、高級な抹茶ドーナツを見つけた。高級な抹茶ドーナツは他のドーナツと異なり立派な包装がついていて、かなり値段も張る。私はイチゴドーナツがダメなら高級な抹茶ドーナツにしようと思い、普通の抹茶ドーナツと高級な抹茶ドーナツを選んだ。

しかし、財布を見るとお金が足りない。私は女の人に「すぐ戻る」と謝って、喫茶店の中の階段をさらに地下へと降りていった。階下にはファミリーマートがある。そこのＡＴＭで私はお金を下ろそうとキャッシュカードを入れた。しかし、何回試しても読み込まれない。ＩＣチップが劣化して読み取り難くなっていた。上の喫茶で女の人を待たせていることを思い焦っていると、ファミリーマートはいつの間にか小学校（旧校舎）の教室に変わっていた。

オレンジ色の夕日差す暖かい教室で、みんなが私の周りに集まってくる。

「そのカードは古いんだから捨てなよ」「そうだよ。そのほうがいい」「壊れてるんだから」

私はキャッシュカードをゴミ箱の中に捨てた。

「でも、今上で人を待たせてるんだ。お金が下せないんじゃ困る。五千円足りないんだ。今五千円必要なんだ」私は泣きそうになった。

すると、みんなが一人ずつ私の机に千円札を置いてくれた。みるみるうちに、私の机はお札で溢れ返った。優に五千円を超えていた。中には、紙に書いたお札もあった。私はその中から本物のお札を集めて、みんなに感謝して教室を出た。

このバイト先の女性（Oさん）は、愛情表現がとても上手な人で、私は仲良くなりたいと思っていた。

彼女のコミュニケーションは本当に素敵で、どんな小さなことでも、人に愛を感じさせるような伝え方ができる。信じられないほど優しくて、それでいて、偽りを感じさせない。

私とOさんの共通点は、抹茶のドーナツだった。

Oさんは、私が買おうとしていたのと、同じ組み合わせのドーナツを買った。

私は可愛らしいイチゴのアイシングドーナツを見て、「欲しい」と思ったが、自分にはそれがなかった。

代わりに、高級な抹茶ドーナツがあった。

イチゴのドーナツが買えないから、代わりに高級な抹茶にした。

でも、それは、自分の価値とはつり合わないと思っていた。

このままではOさんと一緒にお茶できないので、さらに深い階層へ行き、カードキャッシュディスペンサーに通して価値を引き出そうとする。それは非常に物理的な努力で、うまくいかない。

すると、そこが昔の懐かしい教室になる。

みんなが与えてくれたもの、学ばせてくれたもの、なかにはつらいこともあったけれど、そのなかで感じてきたものが、既に高級な抹茶ドーナツを上まわる財産になっていた。

Oさんは私と同じ抹茶ドーナツを、イチゴ的に表現するのに長けていて、私はその背後にある深遠さを感じていた。

令和三年　一月四日

夢　朝起きると、隣に母が寝ている。火葬されたのだが、私の部屋に、母の遺体が置いてある。死んで間もないかのように、寝ているかのように、綺麗な状態で腐敗などはしていない。その日は年明け初めての登校日で、クラス分けのある日だった。私は小学校に行こうとして、紺のセーターかベージュのセーターか迷い、ベージュのセーターを着た。

登校の用意をしていると、とつぜん母が生き返った。不思議と驚きの感情はなく、さも普通のことのように、母が夢から醒めたように「生き返った」という認識だけだった。

私は母に「お疲れ様」などと言った。具体的に何をしようとしたのかはわからないが、母は何か働こうとした。私は「いいよ。ミルクティでも飲んでおいて」と言って家を出た。

組は二つあった。囲いのある教室の組と、廊下側にでている、囲いがない教室の組だ。

私は登校してもすぐに、どちらかの教室に入らなかった。囲いのある教室の壁に、囲いのない教室の机をくっ付けて座った。机上には自分が持っているより多くの髪留《かみど》めが乗っていて、私はそれを筒《つつ》の容器に入れたり、並べたりしていた。

どちらかの教室に行かなければならないことはわかっていた。だが、どうしても、この髪留めを納得するように直してから行きたかった。その様子を先生に見つかると、「早く新しい組に分かれて、席につけ」と言われた。私は組み分けの張り出しも何も見ずに、囲いがない教室の席に座った。すると周りの子に「そこじゃないよ」と言われた。

元々ランダムで采配されたときは、囲いがない教室の組だったのだが、後で修正されていて、囲いのある教室の組になったことを知った。教室の中央の席に、囲碁の先生が座っている。その後ろには囲碁部の熱心な生徒がいて、囲碁の先生にプレゼントを渡していた。

私は囲いのあるクラスになったことが哀しくて泣いていた。「なんで泣いてるの？」と言われたとき、「AとKと同じクラスだから」と言い訳した。


白黒はっきりした部屋ではなく、自由で曖昧な部屋が、本当のクラスであることを知っている。しかし、黒い髪留めが整理できていないので、まだそこに入り切れない。髪留めは、髪を縛るもの、纏めるもの。AとKのために自分は苦しいのだと思っていた。しかし私が苦しかったのは、自分が大量の髪留めを手放せず、なかなか動こうとしなかった、そこが白黒厳しい部屋だったからかも知れない。

令和三年　一月十三日

夢　深夜。芸術創造センターの談話室のような場所に居る。私はローテーブルに座っていて、何人かの人たちと対話していた。談話室には扉がない。室内は暗いが、出入口の外は強い電灯に照らされ、黄色く明るかった。人々は、まるでそこが廊下であるかのように室内と出入口を往き来していた。黙って通り過ぎる人もいれば、通り過ぎざまに話しかけてくる人もいた。ローテーブルには常に2・3人が座り、人々は私に質問し、私はそれに答えていた。私は何らかの「会」のリーダー的な立場で、メンバーから一目を置かれているようだった。

　時刻は深夜で、私は帰らなければならなかった。幾度か話を振られ、呼び止められなどするが、きりを付けて談話室を後にした。

　帰り道。いつも通り背中には本の入った重いリュックサックを背負い、両手にもたくさんの荷物を持っている。リュックと荷物の重さで身体の節々が凝《こ》っていた。私は歩き難さに耐えつつ、国道沿いの歩道を父とＬＩＮＥで通話しながら歩いた。スマホに塞がれていない左耳の横で、車は轟音で飛ばし、ひっきりなしに走っていた。

　通話を終えて時間を見ると、未だ真暗い夜明け（午前4時から5時頃）だった。

　暫く歩いていて気がつくと、私は上半身裸で片手に黒いショーツを持っていた（スカートを穿いていたかも知れない。傘だけ差していたかも知れない）。黒いショーツには、経血の染みたナプキンがついている。

私はトイレを探していた。すると強風が吹いて、ナプキンを国道の方へ飛ばしてしまった。ナプキンは路上に落ち、トラックに轢かれた。


いつも、リュックや手提げのなかに本をたくさん入れていた。一日で読めるはずもないのに、本だけ移動させて肩が凝っていた。

ディベートに切りをつけて外へ出た。しかし、まだ余計なものばかり持って、歩きづらかった。父には焦りがない。温和でゆったりとした雰囲気がある。

国道（国の道路網の大幹線をなすもの）を行く車は、真っすぐに直進し、猛スピードで駆け抜けていく。その轟音に、父の声が聞きとりづらい。

内側のやわらかい感性と通話することで、夜は明け、私はトイレで着替えようとしている。

しかし、まだ国道の音がうるさくて、自分のそういった感性と上手く通じていない。国道を行く車に影響され、知識や理性に偏り過ぎて、本来生命の持つ神秘的なものを手放してしまった。

令和三年　二月二四日

夢　父・母・祖父・祖母と共に、大型ショッピングモールを訪れた。

私は子どもの頃の感覚に戻ったように、その建物の大きさに少しく圧倒され、単調で無機質な外観の中に楽しいものがいっぱい詰まっている幻想と、これから袖も振り合わず擦れ違っていく人々の内に、紡がれるであろう思い出を想った。

静かな幸福に胸を膨らませながら、私は真っ先に後部座席を降りて、家族が車から降りてくるのを待ちきれないといったふうに、一階から見える大きなカフェ（コメダ珈琲に似ている）へと走った。みんなで珈琲を飲んだ。

場面が変わり、私は一人で服を選んでいた。黒いレースのスカートが欲しいらしく、二階の専門店街を探したが良いものが見つからなかった。三階へ行こうとすると、エレベーターが故障していた。三階へ上がるには、一人ずつしか通れない脚立のような細く危なっかしい外階段しかなかった。階段には手すりも屋根もついておらず、雨が降って足場は濡れていた。三階へ続く経路はこれ一つしかないので、踊り場から二階のエレベーターホールにかけて行列ができていた。私の前に並んでいた中年の会社員風の男性は、怯えながらも、かなりの時間をかけて登り切った。私も滑って段と段の間に脚を挟んだりしつつ、なんとか三階へ到達することができた。

私は何度も行くこととなった通夜と葬式に、（制服が嫌いだったので）黒いレースのスカートで参列した。そのスカートは普段着であり、喪服としても着用していたものだった。新しいスカートを探そうと思っているが、それはまだ過去に持っていたものと同じ、どこか抑圧的なものなのかも知れない。

エレベーターやエスカレーターは、みんなで一緒に乗って、上がっていく。

システムとしては、そういう立派なものがある。社会的な制度としては、エスカレーター式の高校やら大学といったものがある。しかし、それらは壊れていて使えない。

実際の人生で感じる世界は、一人ひとり違っている。自分だけで考えながら通るしかない道のりだ。

だから外階段には、多くの人が並んでいる。

社会の枠組みから滑って落ちそうな恐怖を感じながら、社会の枠組みから振り落とされるのではないかという不安に耐えながら上っていくので、足場は濡れていて、段と段の間に穴がある。

私の前には、灰色の背広を着た男性の背中が見える。

私の夢にはよく会社員風の中年男性が出てくるが、彼はいつも怯えている。

リストラされるかも知れない。この組織から、この社会の枠から外れたら……

落ちたら、死んでしまう。

そこへ行けば欲しいスカートが手に入るだろうと、彼について行った。心理学を学べば、自分に合った肩書・社会的な役割（外に身に着けるもの）が得られると思い、入学した。

しかし、おそらくそれは、本当に欲しいものではない。

令和三年　三月一日

夢　夜。行き当たりばったりの旅をしようとして、地上線に乗っていた。

遠いどこかの駅で降りると、そこには期待していたものが何もなかった。ただ田舎の駅とは思われないほどの大きなロータリーがあり、ロータリーの向こうには深い森が見えた。

ロータリーの真ん中にはツリーのような針葉樹があり、黄色や橙《だいだい》の電飾で、幻想的に可愛らしく照らされていた。すると、保育園か幼稚園くらいの子どもたちが、小人のような民族衣装を着て行進してきた。子どもたちは手に松明《たいまつ》か蝋燭を持っていて、針葉樹を囲むブロックの周りをまわっていた。それはこの地の秘められた慣習のような、儀式のような感じがした。

その様子があまりに美しかったので、私は写真を撮ろうとカメラを構えた。すると列から一人が近づいてきて、「写真を撮ってはいけない」というようなことを言った。その子はこの列のリーダーらしく、あどけない子どもながらに透き通る聡明さを感じた。子どもたちは、奈良美智の絵のような見た目だった。

場面は昼に変わる。私は昨日子どもたちに遭った駅から歩いて、ディズニーランド（寺社仏閣）を探していた。しかしディズニーランド（寺社仏閣）はおろか、商店の並ぶ門前町にもたどり着けないでいた。新旧入り混じった住宅街を歩いていると、引き裂かれたようにぼろぼろの暖簾《のれん》がかかっている自転車屋があった。木造のガレージのような造りで、木は朽ちかけている。ガラス戸から並んで見える自転車は、いかにも古い車体で、動きそうもないほど尽く錆びていた。全体的に、廃墟のような趣がある。

もう少し歩くと、すぐに新しい自転車屋があった。藍暖簾の古い自転車屋が潰れないのは、自転車の珍しかった時代は繁盛していて、有名な店だったかららしい。私は、このぼろぼろの自転車屋が、この先もなくなって欲しくないと思って、もう一度見に行った。

写真は物理的に、その情景を切りとったものであって、肉眼でみて、身体で感じる世界はない。ツリーのような木が大切なのは、もちろん美しいからだけれど、写真を撮ったり、物理的に眺めるのではなく、木を見て感じる、その感動こそが、それ自体が大切なのだと、その子は教えてくれた。

だからといって、「木」や「ディズニーランド（寺社仏閣）」の、その「場所」へ行かなければ感動がないわけではない。どこにいても、それは、感じることができる。

古い自転車は、私がスターバックスの中を突っ切った自転車だと思う。そこには私の自転車だけではなく、きっと同じようにディズニーランドを探して乗っていた人たちの自転車もある。彼らは乗り捨てたのか、乗ったまま、錆びついてしまったのかも知れない。それらはもう、私のなかで古いものになった。しかし、自転車を求める人は後を絶たないので、スタイリッシュになって、新しい自転車屋ができる。

新しい自転車屋は、スポーツジムのような外観をしていた。

売られている自転車も、クロスバイクのような、シンプルで軽量なものだった。

私は古くて重い自転車の、重厚な旅に愛着と懐かしみがあり、見納めに行く。

令和三年　三月四日

夢　バイトから帰ると、アパートのドアに貼り紙が貼られていたり、何もなかったはずの天井から、紙が落ちてきたりした。紙には具体的に何が書いてあったのかわからないが、私はそれが母の仕業《しわざ》だということを知っていた。「私のことを少しも理解してくれてはいないが、愛情からくる余計なお世話」で、思わず「ふふ」と苦笑してしまうような内容だったように思う。母がどのようにしてアパートへ来ているのか、その真相を探るため、祖母の家を訪れた。仏間を覗くと、なぜか仏壇のすぐ前に母の蒲団が敷いてあった。私は母の蒲団の中に潜った。そのとき、枕元に大きな白い勾玉の首飾りを発見した。この勾玉を握って呪文を唱えると、瞬時に望んだ場所へ行くことができる。

私は勾玉を握るが、呪文を最後まで思い出せなかった。

母が来て、荒々しくかけ蒲団をめくろうとした。ここで寝てはいけないようだった。握っていたことを悟られないよう、私は蒲団の中に勾玉を隠して起き上がった。

母は「何をしていたの」というようなことを訊いたが、私ははぐらかし、いたずら心で「何かにストーカーされている」と言った。母は自分のことを言われているとは気づかずに、「誰に」と心配した。

場面が変わる。私はキャンプ場で迷い、出口を探して旅をしていて、同じくキャンプ場で迷った「やむを得ざる」旅人（会社に戻りたがっているサラリーマンやＯＬ）たちと共に、広大過ぎるキャンプ場を巡っていた。

昼はバンで移動するが、夜は旧型テレビ、電子レンジ、小型冷蔵庫、トースターなどの家電製品で土地を四角く囲うと、その枠の中に雑魚寝した。

ある日バンで移動していると、長いこと使われていないガレージのような場所を発見した。既に辺りは暗くなっていたので、私たちはそこに家電を並べて寝ることにした。

みんなが寝息を立てはじめて暫くすると、盗賊がやってきた。盗賊は家電を盗むため、コンセントを抜こうとしていた。しかし、プラグのところに女の人が足をかけて寝ていたので、強引に引き抜いた場合、彼女を起こしてしまう可能性があった。盗賊は「腐れアマ」と悪態をつきながら、仲間とどうするか話し合っていた。私はふいに起き上がると、宝物入れ（半透明プラスチックケースの玩具箱）を盗賊の元へ持っていった。宝物入れの中には、恐竜や爬虫類のフィギアがたくさん入っていた。

盗賊たちは一つずつ値踏みし、馬鹿みたいに高い値段を想像しては、次々にトランクへ放り込んでいった。宝物入れはほとんど空になってしまったが、一番気に入っていたワニみたいな恐竜のフィギアは全部で三つあり、一つが残っていたので悲しいとは思わなかった。

盗賊のバンが発車すると、下品な歓声とエンジン音でみんなが起きた。私は仲間から何かを訊かれ、「自分から渡しに行けば揉めないし、家電も盗られないでしょ」と答えた。


母との関係での問題を、物理ではなく魔法のようなもので解決しようとしていた。

恐竜や爬虫類のフィギアは、今まで私が倒したり、素手で引き千切ったりしてきた、蛇やティラノサウルスだと思う。

「やむを得ざる」旅人たちは、そのままでは居住空間を保持することができないので、会社に戻りたがっている。私はフィギアを渡すことで、家電を盗られずに済んだ。自分ではその価値を感じていないが、盗賊は（社会的な枠から外れている人）は途方もない価値を感じてくれている。

それを自ら渡そうとすれば、居住空間を保てるのかも知れない。

令和三年　三月三一日

夢　古いデパ地下のようなところに居る。エスカレーターで上がると、そこ（おそらく地下二階）は、アパレルショップの立ち並ぶフロアだった。私はある店でムーミンのスカートを見つけた。最初に目に入ったスナフキン柄のものは、厚手のスカートだと思ったらバスローブだった。もっと中へ入ると、リトルミイが大きく刺繍された生成りのチュールスカートがあった。リトルミイの隣には、ニョロニョロやスナフキンも縫い取られていた。腰回りの部分には、ミモザのような黄色い花の植物が枝垂れているように刺繍され、とても可愛かった。私はそのスカートが欲しいと思ったが、大人用は丈が長過ぎて着られず、子ども用は当然小さ過ぎたので買わなかった。半階分くらいの短いエスカレーターを上がると、それまでのフロアより小規模で薄暗い空間（地下一階？）に出た。奥まったところにカフェがあり、看板の名前に「夢」という文字が入っていた。なぜか、向い側にはセンチメンタルサーカスのショップがあった。地下一階の店舗は、この二つだけである。ここで場面は変わり、家の中。私は母と買いものに行きたくて、台所の母の腰に抱き付いた。母は見向きもせずに、私を付き飛ばした。

またスカートを探している。

今度は抑圧的な黒ではなく、自分の趣味に合ったスカートを見つけた。

私は九十年代アニメ版の渋いスナフキンが狂おしいほど好きなのだが、それはスカートではなく、バスローブ（女性的な肢体を隠すもの・知性）だったのかも知れない。

そしてリトルミイという女の子が大きく縫い取られている、可愛いスカートを見つけた。

しかし、まだ自分には丈が合わないと思っているらしい。

私は母に、本当は、そういうスカートを与えて（教えて・見せて）もらいたかった。

母が私に選んでくれるものは、前の夢のネックウォーマーにしても、肩紐の大きなフリルのついたトップスにしても、後にでてくるコートにしても、いつも上である。

それに対し、私が自分で選びにいくのは、いつもスカートで、スカート以外にはない。母は私に服を選んではくれるが、それは深い内奥に秘められたものではなく、ゆたかな布で本質を包み込むようなものでもなかった。それは上辺のもので、つまりスカートではなかった。

私は上（表面的に見えているところ）よりも、胎内のなかにある、神秘的なものが肝心であると、そのように感じていた。本当の女性性とは、そういうものであると思っていた。

令和三年　四月十九日

夢　夜。私は従兄弟たち四人と、祖父母の家へやってきた。そこは実際の祖父母の家とは似つかず、西洋の廃墟となった古い屋敷を彷彿とさせた。錆びた金色のドアノブに手をかけて、一番下の従兄弟が「こんなとこ、一人じゃ怖くて棲《す》めないね」と言った。

時は流れ、時代は確実に変わっていた。

祖母の家に、昔の賑やかな面影はない。

私や従兄弟たちも、もう子どもではなくなっていた。

嘗てはお正月や祭りの日に、六親眷属《けんぞく》が会していた、祖父母の家。曾祖母が亡くなり、祖父母が亡くなって、誰もいなくなった私たちの実家。ダイニングルームに簡易ベッドが置かれ、そこには生きていた姿のままの、死んだ曾祖母が眠っていた。

私と従兄弟たちは、家の裏手にまわった。すると、そこには大きな水槽があった。水槽の中には多くの金魚が泳いでいたが、手入れされていない水がかなり汚れていた。私は汚れた水を四分の三ほど捨て、傍にあるホースで新しい水を入れてやろうと思った。

慎重に水槽を傾けると、金魚を一匹も零さず、適当な量の水を抜くことに成功した。そして、いざホースで新たな水を入れるのだが、これの水勢が思ったより強く、一気に水槽を満タンにしてしまった。すると、表面張力でギリギリ溢れないでいる水面から、金魚が次々に水槽の外へ出てきてしまった。

地面に落ち、土の上でピチピチやっている金魚を、一匹ずつ水槽へ戻していく。すると何故か、拾った金魚は元いた金魚より、体積か数が多く、すべての金魚が水槽の中に収まらないという事態が発生した。そして、水槽には元々、ちりめん布でできた張りぼての金魚が混ざっていたのだが、その張りぼてをすべて入れることができなくなった。

全員でダイニングルームへ戻ると、私と従兄弟たちの親が入ってきた。

曰く、そこにいる最年長の従兄弟と、その奥さんと共に、全員でホテルのカラオケルームへ行って来るように、とのことだった。

父は「六月の十日（六月四日か、もしくは六月十四日だったかも知れない。とにかく、夢の中の『現在』から二日後という感覚）に、M兄さん（私の大叔父）が迎えにくるから」と私に言った。そして父母たち親の世代は、先に家の駐車場へ向かった。

私は何の気もなく、何か曾祖母に話しかけた。

すると死んでいるはずの曾祖母が、急に目を開いて起き上がり、「メッセージを書くから、ラミネートして」と言った。彼女は生命を吹き返したのだが、大人が居るときは永眠の続きを演じ、いつか、この家に曾孫だけが集まるのを待っていたのだ。私はとっさに、平成初期の古い新聞紙と、小さくなった鉛筆を曾祖母に渡した。

Y家の長男は、目の当たりにしても尚、その様子を猜疑《さいぎ》の目で見つめていた。しかし次第に現実に目覚めていき、隣の部屋から新しい紙とペンを持ってきて差し出した。しかし曾祖母は見向きもせず、私は従兄弟に「もう書きはじめてるから、これでいい」と言った。

曾祖母がそこに何を記したのかわからないが、私たちは親の車に乗った。

森を抜けていくと、左側に大きな木製の看板があり、何か書かれている。覚えているのは最後に「映画村」とあることだけだった。

そこは二つの建物からなる複合施設で、看板のすぐ奥にあるのが、何らかの役所とATMと文化センターが纏まっている建物。真っすぐ進んで正面に見えるのが、帝国ホテルであり、そこにカラオケルームがある。

車から降りると、親たちは役所か会議室に用があり、左の建物へ消えていった。

私たちは親たちと別れ、帝国ホテルのロビーへ向かった。

ホテルには、天皇皇后両陛下が来訪していた。両陛下はローテーブルに座ったお年寄りたちの、本人は大真面目だが大したことのない質問に、丁寧に応えられていた。小雑誌の間違い探しをしている人、数字パズルを解いている人、漢字クイズのために漢字辞典を開いている人など様々だった（彼らは両陛下に、それについての質問をしていた）。

私たちは両陛下に拝謁し、言葉を交わしたことに満足し、カラオケルームへ向かった。もちろん着いたら歌うかも知れないが、歌うこと自体が目的ではない。カラオケルームの、あの薄暗い、しっかりとした防音の扉の奥に、身を潜めるためだった。念を入れ、我々はダミーのため二室のカラオケルームを予約していた。

夜のゴシックのような邸に感じるのは、象徴の世界。以前は、そこに興味があった。私は興味があったが、ふつうの人からしたら「何これ」「わからん」「きもちわるい」という感じかも知れない。

時代が流れて、祖母の家。

今は母も祖母も祖父も亡くなり、それぞれの家が疎遠になりつつある。

そこにはもう、以前のような「和」を感じることができない。

金魚のいる水槽水が汚いので、新しい水を入れる。汚れを浄化するために、新しいものを注ぎこんであげる。

いい感じで注げたと思うと、なぜか金魚の体積が増える。生き物、生命力があるものが、古いもののなかでは
こじんまりしていたが、新しい息吹をいれると、元気になって大きくなる。

はりぼてのような無機質なもの（知識）は、そこからすべて取り除かれる。

水槽のなかになるあるものは、すべて生き物になる。

金魚が生命力で大きくなると、曾祖母が生き返る。

曾祖母は、メッセージをラミネートしたいと言う。

従兄弟は新しい、現代のものを。私は、曾祖母がまだ生きていた時代のものを、持っていった。

曾祖母は、彼女が生きていた時代にあったもの（今にはないもの）で、そこにナニカを残した。

そこから私たちは帝国ホテルへ行く。

看板の「映画村」の前には、おそらく「太秦」がついていた。

ホテルには日本の象徴がいて、私はそこで言葉を交わすことができた。

その言葉は、曾祖母がラミネートして残したもの。

曾祖母は古い時代の日本的な良さを持っている。曾祖母がどんな言葉を残したのかわからないが、この夢に家族がオール出演しているのも、「和」というテーマを感じる。

日本的な「和」の心を、持っておきなさい。

今はそれが批判されたり、なくなりつつある時代かも知れないが、それはずっと、なくさずに持っておきなさい――と、曾祖母からもらった「和」の心を、私たちはカラオケルームのなかに隠した。

カラオケはみんなで歌う、融合的なもの。日本発祥のものであり、歌に理性は関係ない。

令和三年　八月二十六日

夢　田圃ばかりの里山の麓《ふもと》のようなところを、私は自転車をひく母と歩いていた。田圃はところどころ樹々や小径を挟み、質素な古い茅葺《かやぶき》の民家が疎《まば》らに点在していた。私たちはどこかへ向かっていた。すると、ある一つの小径の先に、壁が白塗で、瓦の四隅が金色で、窓の装飾も金色で、周りの民家と比べると荘厳な建物があった。私は気になったが、言い出せず少し通り過ぎてしまった。しかし、やはり目が引いて「あそこ行きたい」と言うと、母は私と一緒に引き返してくれた。

小径は石段になっていて、両脇にはお墓がたくさん並んでいた。その多くは昔の書体で読めず、読めないが何故か解った「いしかわのなりひら」のお墓で最後だった。建物は今は美術館で、入り口には子どもたちが何人かいた。私は幼稚園か小学校低学年くらいで、他の子たちも同じくらいだった。美術館の前にはモニターが設置されていて、美術館の歴史のような映像が流れていた。私はよくある子ども用学習シートに、映像を見ながら記入していた。そして、何故か同時に何かの絵を描いて、ラミネートしたものをつくった。それはとても上手くできたが、他の子が「欲しい」と言ったので、私は絵になっているところを全部切り取って、その子たちにあげた。私が持っているものは、絵になっていない部分、切り抜いた残骸だけになった。

するると私と母が逆転して、私が母になっていた。男の子（これは母ではない）に、「自分はなくなっちゃったけど、いいの？」と言った。男の子は「うん」と言ったが、それは我慢したような「うん」だった。私はシートとラミネートの残骸を美術館のゴミ箱に捨てた。

私たちは美術館を後にして、また元の道を目的の場所に向かっていった。暫くすると、その子（このときは私に戻っていたかも知れない）は「欲しい人にはあげないといけないでしょ」と言った。すると母（もしくは私）は、「我慢しなくていいんじゃない」というようなことを言った。

日本の原風景のような里山だった。どの場面を切りとっても、昔の童謡画集の、やわらかい水彩画にありそうな景色がそこにある。美術館は、もとはお寺だったか、あるいはお寺の一部が美術館として開放されているような感じがした。最初のほうの夢で、母は私がつれてきた歌手にまったく気づいてくれないが、この夢では私が関心を持ったところへ、一緒についてきてくれる。

お寺だから、小径には旧いお墓が並んでいる。日本の伝統な和の世界、昔からの先祖のいる、たましいの世界の、展示スペースのようなもの。そこで私は、他の子たちと一緒に学習シートに記入する。みんなは、映像で見た文字を書いて、知識として学んでいた。

私は曾祖母が書いてラミネートにした大切なものを、感覚的な、感性の世界で表現したので、みんな欲しいと思ってくれた。それ以外の部分（絵になっていない部分）は、要らなかった。

私欲を無にして相手に尽くすというのは、日本のいい一面ともとれるが、どんな活動も自分をゼロにしてやっていると、動機の根源の泉が枯れてしまうこともある。

令和二年九月から、大学を辞め、和菓子屋で働きはじめた。

令和三年　十月十五日

夢　何人かの仲間たちと、森の中を赤いロープを辿《たど》って走っていた。よく山のアスレチック広場にあるような感じの、切り株の足場を飛んでいった。森には様々な罠が仕掛けられていて、足元の罠を踏むと包丁が飛んできたり、縄が首にかかって吊り上げられそうになったりした。私たちは「罠があるぞ」「気を付けろ」と互いに声をかけ合いながら進んでいった。

私はシャークヘッドの後ろを走っていた。シャークヘッドは、頭がリアルなホホジロザメで、首から下は人間。みんなのお兄ちゃんのように頼もしくて、リーダーシップがある。私は小さい頃からシャークヘッドを知っていて、シャークヘッドが大好きだった。

暫く切り株の足場を進んでいくと、前を行く仲間たちは迷わず右へ行ったが、よく見ると道が二手に分かれていることにシャークヘッドが気づいた。シャークヘッドが「おい！　道が分かれてるぞ！」と叫ぶと、前を行く仲間たちは「俺たちはこっちだ！」と言ったので、シャークヘッドは「じゃあ、俺たちはこっちだ！」と言って左へ進んだ。

私はシャークヘッドについて行った。暫く行くと、切り株は川の上流があるところで途切れていた。私たちは、川幅を渡すように倒れている倒木の上に、下流を向いて立った。すると森の景色は一面タイル張りになり、川は底の構造が複雑な、流れのある屋内プールのような感じになった。私たちが立っていた倒木は、途中でプールの底が少し水面から出ているところだった。

シャークヘッドは、水面から出た足場から勢いよく飛び込んでいき、すぐに姿が見えなくなった。そのとき、先程の分かれ道で右を選んでいった仲間たちが合流した。

彼らがシャークヘッドの所在を訊くと、エラと首の断面から血の出たサメの頭が流れ着いて来た。シャークヘッドは死んでしまった。倒木から向こうは、酸性の温水だった。「シャークヘッドが死んじゃった」私は信じられなかった。

他の仲間たちは「先に行こう」と右の道へ手を引っ張るが、私は「シャークヘッドが死んじゃって、雛鳥《ひなどり》もいなくなっちゃったのに、先に行けない」とぐずった。

私が彼らの船長で、雛鳥も仲間だった。雛鳥は右の道を行って、いなくなった。

プールサイドで言えば採暖室のようなところに、バスルームのドアがついており、シャワーの音が聞こえる。私はバスルームのドアを開けた。すると、王冠を被った人物が雛鳥の中身を取りだして剥いだ皮を洗っていた。私は王冠の人物を殴った。

シャークヘッドは最初の夢に出てきた、白い犬と黒の犬と同じように、自分を守ろうとするもの。

シャークヘッドはエラから血を流していた。

きっと空気（外・現実）と関わるところで怒りを感じていたのだと思う。

ふわふわしたものや雛鳥には、愛されたいというイメージがある。ふわふわした毛布や、ふわふわした寝巻にくるまるのが好きだ。ふわふわした毛布は、母の代わりに包み込む愛を感じさせてくれる場所だった。シャークヘッドも、雛鳥のふわふわした羽毛のついた皮も、もう要らなくなった。

ふわふわ（安全地帯）にくるまって影響を避けるのも、影響に立ち向かうのも、それを恐れているから。

感情を乱される影響を受けると、どうにかして遮断したくなる。遮断しても、似たようなものが見えてくる度に、また感情が乱されて、遮断することを繰り返す。それは、影響を受けている。本当に影響を受けないということは、そこにあっても、気にならなくなることなのかも知れない。

しかし、王冠の人物を殴っているので、まだ未練があるらしい。

令和三年　十月二十日

夢　廃墟となった巨大な遊園施設のモールのような建物がある。それは学級崩壊ならぬ学校崩壊した感じの学校で、王（細い目をした、丸顔で短足のぽっちゃりした少年）はそこへ潜入していた。視察と称して城を抜け出し、内密に同年代の市民との交流を体験しに来ていた。

王は幼いながら老成した精神の持主で、最初は新入りに対して物理的に攻撃してきた生徒とすら打ち解け、仲良くなった。王は何も目立ったことはしなくても、その内側から放つ輝きから、多くの生徒を魅了し、仲間にしていった。特に最初に出会った、顔を見た瞬間とつぜん飛び蹴りを入れてきた生徒とは無二の親友となった。しかし、城へ戻らねばならないときがきた。生徒の誰もが、必死で王が城へ戻ることを止めた。しかし、王はみんなの前で学生服を脱ぎ、王の装束に着替えた。パレードの日、王は赤い馬車に乗って学校の前を通った。学校の生徒全員が、それぞれの場所から王を讃《たた》え手を振ってくれていた。「やはり私は王なのだな」と王は淋しいような、誇らしいような気持で手を振り続けていた。

私は中世の大きな城の中で、八犬士のような名前の豪傑な武士と一緒にいた。すると暗い柱の奥から複数の矢が飛んできた。私は肩に矢が刺さって倒れたが、倒れたところが物陰だったため、奥から現れた小面の能面（敵）と、能面が連れている狼たちに気づかれずに済んだ。しかし、八犬士のような名前の人物が、一人で彼らと闘うことになってしまった。

城を出ると外は真っ暗で、前は横に走る並木道になっていた。並木の奥は、広い車道だった。私は城を出て左に曲がった。並木道を歩いていると、左側（車道の反対側）は木が鬱蒼として、ときどき古い屋敷の蔵や、三軒長屋が見えた。暫くすると、公園があり、私は公園の中に入った。すると、そこに能面がいた。私は能面と闘った。小刀を投げると、面に刺さり、能面は真っ二つに割れた。しかし、割れた面を捨てると、その下にまた同じ能面をつけていた。面を割っても割っても、同じ能面がでてくる。闘いの中で腹に小刀を刺すと、能面の顔は父になった。父は自分が黒幕であることを告白した。場面は暗い城の一室になり、私は包丁を持っていた。私は黒幕である以上そうせざるを得ないと、涙を呑んで腹を刺した。奥歯を噛み締めて、胸や腹を何度も刺した。そして滔々と告白を続ける父の首に、細い小刀を突き刺した。刀は首を貫通し、口から刃先が出た。その後も、包丁で何度も父の腹を刺し続けた。しかし、父が黒幕というのは嘘だと知った。既に致命傷を与えてしまった私は、「何でそんな嘘を言ったのか」と泣いた。

城の者たちが、私を捕えようと探し回っていた。階段には戦士たちが溢れていたので、私は下りのエレベーターに乗った。そこで、この城の王と居合わせた。王は私を城の戦士の一人と思っており、エレベーターの中で何かを言った。私はその言葉に対して「それは違う」というようなことを言った。私が降りると、王は私が何か知っているのではないかと追いかけ、私は戦士と狼から身を隠すためトイレの中に入った。すると、狼はファンタジアに出てくるワニのような感じになって、（前足を上げて二足歩行で）踊りながらドアの前に集まって来た。私は内側からドアごとワニたちを切り倒した。

学校でいきなり飛び蹴りをキメ込んできた人とも、心のなかでは、親友になれた。だからワニはディズニーの『ファンタジア』のように可愛くデフォルメされて、倒すことができた。

豪傑な武士は父性的な世界。能面の小面は母性的な世界。

城を出ると、だんだん日本的な景色になっていく。

黒幕は、いなかった。

様々な攻撃をかいくぐってきたから、豪傑になって、強くなっている。

能面は逆境とわかっているが、逆境は、助けたら自立できない。攻撃を自分で回避して、自分の足でそれを受け止めつつ、歩み続けなければならない。

大変なことを知っているが手出しをしないということは、それに加担しているという意味で、黒幕。

黒幕になっているが、攻撃をしたくてしているのではなく、自立して、自己解決をさせたいという愛が、能面の背後にはある。だからゴシックの夢のとき、邸の主人は「できれば」ぜんぶ倒して欲しいという。

それは、悪党（能面）の本当の姿が、自分であることに気づいて欲しかったのかも知れない。

斬っても斬っても、能面が出てきて、本当の姿、隠れている本質が知りたくて、腹を刺す。

小面は母性かも知れないが、最終的に父（父性）がでてくる。この能面は、陰と陽の、どちらの世界も持っていた。能面は邸の主人であり、悪党であり、ライオンであり、ワニだった。

私が何度も何度も刺すのを、父は受容してくれているように感じた。

それればかりか、それを促すようなことを言いつづける。

私は能の演目で『蝉丸』に印象的な場面がある。盲目の蝉丸は、父親である帝から逢坂山に棄てられてしまう。しかし蝉丸は、家臣の清貫に「これもこの世にて過去の業障を果たし、後の世を助けようとする父帝のありがたいお計らいであろう」と言う。

令和三年　十一月十日

夢　海の真ん中にビルが建っている。水面の上からは二階分だけ出ていて、二階には天井がない。全面オーシャンビューのタワービルが建つと思った。

今まで海を見ようとして、海のなかに浸かっていた。身体があるので、水中では息苦しい。浸透圧で痛いから、目を瞑らなければならない。私は海底の暗さではなく、瞼の裏の暗さを見ていた。

海に棲むより、水面からの方が、どこまでも海を見渡すことができる。

タワービルが高くなればなるほど（現実にでれば、でるほど）、遠くの海を見渡すことができる。

そして、ビルの高さに関係なく、海はいつも同じ深淵さでそこにある。

令和三年　十一月十八日

夢　近所で二か国サミットか、大会のようなものが行われている、私は父と母と、偶然そこに居合わせたという形で、それを見ている。日本側は「互いに友好的な関係を構築するべく、このような大会を設置し、おもてなしの場を用意させて頂いた」と述べた。

それに対し相手国の首脳は、ハンカチを片手に大声で泣きながら登壇した。

「我が国のペット（相手国の国民が伝統的に飼っている、黒いチワワのようなイメージ）の治療（何か医療的な貢献）をし、大切に思ってくれて感謝しているが、様々な背景から我々が友好的な感情を持つことは難しく、好感度は29パーセントほどしかない」というようなことを言った。

すると日本側は「29パーセントの友好感情をありがとう」と書かれた巨大な白幕を何人かで持って、明るい音楽と共に会場を行進していった。私は「なんで、日本はあんな馬鹿なこと（些細な好感度のために迎合するようなこと）をするのだろう」と思った。

家に帰ると、台所には洗って拭いた後の箸《はし》がたくさん出ていた。菜箸がほとんどだった。父は、「どう片づけたらいい？」と迷っているようだった。

私は「持ち手を右に揃えて入れればいい」と言った。しかし、引き出しの横幅は箸の長さより短く、横向きには入らなかった。引き出しの仕切り（長方形の箱）は縦向きに入っていて、他の調理器具や道具でいっぱいになっている。

母は「サザンみたい（な入れ方）でいいんじゃない？」と言った。

私は「ああ」と納得して、引き出しの中の仕切りに対し、立てかけるように寝かせて広げ（扇子のように）、箸を仕舞った。

菜箸……食べる箸は受け取る箸。菜箸は、与える箸。

おもてなしの本来の良さがネガティヴに働いた「日本らしさ」に自分を重ねて、嫌悪感を感じた。見つめ合うと素直にお喋りできない。対峙するとありのままの自分を表現できない。愛を、変な気遣いや、迎合のような形で表現してしまう。本当は津波のような激しい感情の波が押し寄せては引いている。

令和三年　十二月二日

夢　ずっと昇り続けているエレベーターがある。私は地下から座禅を組んだ状態で、エレベーターに乗っていた。それはエスカレーターのようでもあり、一歩踏み出したら床の流れに乗って、どこの階でも降りることができた。エレベーターに扉はなく、各階の床と同じ色の木製だった。

その階にも静かな広い御堂（伽藍堂《がらんどう》）があり、正面の壁一面が仏壇になっていた。

今はみんな寝静まっている夜で、どの階も灯りはついていないが、その中には、何階か毎に特に荘厳な御堂があった。私は一番上に、一番格式の高い御堂があることを知っていた。

場面は変わり、私は母と二人で高級中華料理店のようなところへ来ていた。メニュー表には、多くの商品に「毒入り」と書かれたシールが貼られていた。

母は「毒入り」のメニューを避けて頼んだ。私がメニュー表の中のフルーツ餅を見ていると、母は「頼もうか」と言った。私は一個が五百円以上もするので、「要らない」と言ったが、母はフルーツ餅三個入りの箱を頼んでくれた。

その他、枝豆などを食べた気がする。

暫くすると、店員に〆の温かいお茶を出された。

私は箱の中に、まだパイナップルのフルーツ餅が一つ、手前の蓋に隠れて残っていることに気づいた。餅を出して食べようとすると、母は「お茶を出された後だから、何が入っているかわからない」と言った。どうやら「毒入り」以外のメニューには、安全を保障する時間制限のようなものがあって、〆のお茶を出される前に食べ終えなければならないルールらしい。でも、母が必死に働いて稼いだ五百円を無駄にしたくなかった。

私はフルーツ餅を食べた。母は「それでいいの？」と言った。

「うん。その頃の私の願いは、お母さんに抱きしめて貰うことだから」

母は「お母さんが生きてたらね、はじけるくらい、胤を抱きしめることが望みだよ」と言って、私をきつく抱きしめた。

パイナップルは好きだが、刺激が強いという印象だった。

小さい頃はよく唇がひび割れていたので、パイナップルを食べると痛かった。

母が一生懸命やろうとしていたことは、最高級の中華料理で私をもてなすようなことだった。

「毒入り」のシールを貼った、毒だと思うものを避け、母は自分の価値観のなかで、がんばって愛を与えてくれた。母のなかで精一杯、私にいいものを提供しようとしてくれていた。

しかし、時間制限がある。

それは、母のライフスパンのようなもの。

母は生きているなかで、私に本当にいいものを提供したいと思い、がんばってきた。

しかしライフスパンが終わったところでは、自分のルールでそれは保証できない。

自分のコントロールがきかない。提供したもののなかに、毒があるかも知れないと思う。

不安そうに「それでいいの？」と、きく。

それは母も気づいているところがあって、私との関係がうまくいかなかったから。

しかし私は、それがたとえ「毒入り」であっても、一生懸命がんばってくれた、愛によって提供してくれたものだと、わかっていたから、それに応えたいと思った。

私にとって毒かどうかではなく、そこに母が投入してきたものを、受けとりたいと思った。

本当は、シールをはずせば、「毒入り」のメニューはどこにもない。

令和四年　一月十日

早朝から鳳来寺山に登った。『胎内くぐり』に不思議な引力を覚えて、暫く見入っていた。昔は多くの参拝者がこの山を訪れたのだろうと、こういうところへ来ると、その頃の情景へタイムスリップしたくなる。この山には、天台宗と真言宗の宿坊がたくさんあった。それは既に跡地となったものもあれば、すっかり廃墟と化して立ち入り禁止となっているものもある。山の上であるから、建て直すとなると資材を運ぶのに一苦労だ。維持費もかなりかかるだろう。それにしても、このような昔の遺跡が廃れていくのは、どこか淋しさを感じた。

下山するとき、もう一度本堂で参拝した。本堂の休憩所で、陽の当たる山並みの景色を眺めながら、軽い昼食を食べる。休憩所では、岡崎からバイクで来たというおじさんに話しかけられた。彼は小学校の旅行で同級生たちと、この山を登ったきりで、その後は一度も訪れていないと言う。それを懐かしんでか、急に登りたくなったらしい。私はおじさんに、アメ玉を三つあげた。昼食を食べ終わってさらに下りていると、若いお母さんが一人、赤ちゃんを背負って下山していた。近くに旦那さんや、知人と思しき人の姿は見えない。階段になっているとはいえ、子どもを背負って降りるには、かなり急な山道である。このお母さんは私よりずっと下を歩いていて、私は注意しながら下っていた。彼女と擦れ違う人たちは、彼女と挨拶をして、話しかけはしないが、心配そうに身内で語らっていた。すると、暫くして、お母さんが足を踏み外して転んでしまった。私は居ても立っても居られず、「大丈夫ですか！」と、自分でもこんな声が出せるのかと思うほど叫んで、階段を駆け下りた。

お母さんは前に転んだので、赤ちゃんは無事だった。泣くこともなく、良い子にスヤスヤと寝ている。お母さんも幸い捻挫などはしておらず、少し擦りむいていたが、すぐに立ち上がった。私はお母さんと話しながら山を降りた。私の荷物は軽かったので、よかったら交換しましょうかと言ったが、お母さんは「重いから大丈夫」と断った。確かに、赤ちゃんの命を私は背負えない。私が転ぶようなことがあって、もし赤ちゃんに何かあったら責任が取れない。少しずつ置いてあるベンチで休みながら、私たちはゆっくり下山していった。お母さんは友だちと来ていたのだが、彼女らは先に登ってしまい、本堂まで行ったが会えなかったそうだ。鳳来山の駐車場に着いたとき、赤ちゃんがぐずったので、お母さんは車であやしていた。その間に、友だちには先に登ってもらったのだと言う。友だちは「途中で待っている」「助けるから」と言っていたらしい。結局、やっと電話が繋がってみると、友だちは頂上まで行ってしまっていた。私は関係ない人間でありながら、「一人で赤ちゃんを背負わせて、一人で登らせて、一人で下らせて。友人として、そんなことがあっていいのか？」と思った。

しかし、お母さんは怒っていないので、そんな気持ちをふり払った。私は「お子さんが大きくなったら、武勇伝になりますね」と言った。「ほんとだよね。『お母さん、あなたを一人で背負って山を登ったんだよ』って」明るいお母さんの背中で、赤ちゃんは安心し切っているように、静かに眠っていた。私は赤ちゃんに「愛されてるね、ママ一人で頑張ってくれたね。よかったね」と言った。「この人は私がこんなに大変なこと、全然知らないけどね。いい御身分なんだから。わかってるの？」と、お母さんは冗談で言った。「わかってくれなくても、きっと、いつかわかってくれますよ」色々な思いが込み上げてきた。「わかってくれるかなあ」「すぐにはわからなくても、きっと、いつかわかってくれますよ」私は駐車場で、この素敵なお母さんと別れた。

今日は成人式の日だった。しかし、式には行かなかった。同級生で行かなかったのは、私とLだけだった。山登りの後、夜にビアガーデンへ招かれて十人ほどで飲んだ。

その席で式後に撮った写真や動画を見せて貰った。みんな綺麗な大人の女性になっていた。本当に、綺麗だった。その中に、懐かしく、印象に残る動画があった。

その動画では、一年生のときに同級だった男の子が、「足からえんぴつ」という持ちネタをやって、それを見たみんなが笑っていた。それが彼の看板ネタなのだ。

彼は剽軽《ひょうきん》というよりも、子どものように純粋で可愛くて、みんなから愛されていた。式には唯一、私の思い出に残る国語の先生も来ていたらしい。「足からえんぴつ」を生で見られなかったことと、彼女に逢えなかったことを少し残念に思いつつ、やはり行かなくてよかったとも思った（ビアガーデンでは話についていけず、途中から寝たふりをしてしまった）。

集合写真を見たとき、みんなの成長を感じたとき、懐かしさが込み上げてきて、たまらなく愛おしく、なぜだか誇りに思った。学校はつらいこともたくさんあったが、私はただの受信機で、私という自己概念は消えて、ただ、そこにあるみんなの自由な姿を見ていたとき、その教室を眺めているとき、私は確かに、橙色のあたたかい何かを感じていた。

その陽だまりのような思い出の中に私はいない。実際には干渉していないけれど、場面の些末な内容はどうでもいい。みんなが笑っていて、心から楽しそうで、それを近くで見ていたことは確かに、素敵な想い出だった。それすらも私は、表層的な哀しみで染めてしまっていた。みんな、本当は優しいのを知っている。本当に、心地よい温かさを持っていると思う。いざ関わると、円滑には関われないこともある。それでも、私はやっぱり、懐かしいみんなのことが好きだった。直接言うことは叶わないけれど、心からお祝いしたい。

成人おめでとう。

令和四年　一月十一日

夢　同級生たちと宴会会場にいる。そこにいると、なぜか死が怖くなってくる。

急に場面が変わり、開けた山肌に私と同級生たちはいた。森が開けているから、日差しが直接あたって眩しい。その野原に、巨大な白い山犬が寝ていて、その隣に私はいる。同級生たちはテントを張り、キャンプをしていた。みんなには巨大な山犬が見えていないのか、私と山犬とは隔たりもない野原に存在しているのに、キャンプと私たちには干渉がなかった。

どういうわけか、山犬は私のために死にそうである。息はあるが、死んでしまう運命にあった。私は、山犬の肉をスプーンで抉って、食べていた。もう身体にはほとんど肉がなくなっていて、私は山犬の顔の方にまわった。そのとき、私は無性にそうしたくなって、山犬の顎を慎重に撫でた。私と山犬は心の距離が近いわけではなく、べたべたした信頼感があるわけでもない。まだ生きているから、噛み殺されるかも知れなかった。

しかし、自分のために肉を与えてくれた。どうしても、撫でずにはいられなかった。それでも伝えきれない。そんなものでは足りないと感じ、私はスプーンを草の上へ置いて、ゆっくりと地面に額をつけた。周りには影になる樹々がなく、直射日光が烈しいので、同級生たちはみんな帽子を被っていた。私も例にもれず、登山用のキャップを被っていた。

するとしま山犬は、「聞こえるのか。頭をあげろ」と言った。そこには怒りのような語気があった。私は山犬が、「帽子は耳が隠れるもので、聞こえにくくなる」と思っているのではないかと考えた。山犬がそう思っているのであれば、山犬の話を聞くのにあたって失礼だと感じ、すぐさま帽子を脱ぎ捨てた。山犬はだいたい、次のようなことを言った。

「確かに帽子がなければ木陰から出られない。動き回るには帽子はあった方がいいが、聞くときには帽子を被っていては聞こえないだろう」


キャンプをしている人から見えていないので、山犬は精神世界のもの。

それを、人は気づかなくても血肉にしている。

この夢のなかで帽子は、現実の世界で動きやすくするもの。

みんなには見えていないのに、「ここに山犬がいる」なんて言えない。

ある程度、本当の心をかくしたり、考えて人に合わせなければ、動きまわれない。

言葉を発するときは、それがないと現実と関われないが、聞くときは、みんな帽子をかぶっているのだと思い、たましいで言外の声を聞かなければならない。

自分には関係のないことだと、思うべきではない。

令和四年　一月十五日

夢　石畳の細い小径。山から、麓《ふもと》へと降りていく。灯篭《とうろう》があり、遠くに朧気な木の格子窓が見える。麓へ降りると、突き当りに長屋があり、小径は右へ続いている。格子窓は長屋のものだった。右側は鬱蒼とした竹藪《たけやぶ》、左側は背の低い長屋。さらにゆき、左へ曲がる。すると整えられた砂の道に出る。私は袈裟《けさ》を纏っていた。暫くゆくと、目の前を横切る大通り（これも整備された砂の道）が現れる。人々は右から左に向かって歩いていた。その先に大きな神社か、お堂があるのかと思った。人々の流れに沿ってゆくと、道の真ん中にせり出した民家がある。家の前に、壮年の女性が立っている。手を拡げ、私を歓迎しているようだ。「あなたですか？」女性は首を振る。私は民家の中へ案内された。仏壇の前で、お経をあげている高僧がいる。「あなたですか？」耳が遠いのか、年老いた僧侶は応えない。家には、見覚えのある、何度も白昼夢で見た（実際は見たことがない）縁側がある。この家だと思った。「あなたですか？」仏間にあがり、耳元で言ったが、僧侶はやはり応えない。五感が衰え、この世を感じられなくなってきている。私はなんとなく、彼に死が近づいているのを感じた。僧侶はお寺で導師様と呼ばれていた。庭先に男の子が遊んでいる。「私はあなた？」男の子はこの家の子かも知れないし、幼い頃の導師様なのかも知れない。場面が変わる。

私は導師様の袈裟に掴まった。導師様は白い大きな竜のような、神獣白澤のような、人間ではないものになって、空へのぼった。大日如来のまわりに、古代の装束を纏う天使が集まる。鼻腔にレモングラスの匂いがした（ような気がした）。

令和四年　一月十七日

夢

私は和菓子屋の後に、学校に勤めていた。「労働者」として勤めているが、教員でも園芸員でもなく、他の生徒と同じように制服を着ていて、生徒でもあった。校内はどこの場所も暗く、陰気で、そこでの日々も楽しいものではなかった。

ある日の夜、私は真っ暗な理科室にいた。理科室には、先生と私の、二人きりだった。先生は両手に毒々しい液体の入った試験管を持って、何やら実験をしながら、仕切りに説教を垂れていた。私は何も訊いていなかったが、薄ら笑う口元で、頓珍漢《とんちんかん》なことを言っているのだろうと感じた。先生が背中を向けたとき。私は近くにあった鉄パイプを拾うと、先生を殴り、殺した。憎しみがあったわけではない。理由はわからなかった。

ステンレスのテーブルの上に先生をのせ、私は先生の死体を細かく切断しはじめた。作業を終えると、足の方（足首からその下は、そのままだった）の部位を透明の瓶《びん》にホルマリン漬けにして、理科室の誰も手の届かない高い棚に置いた。他の部位は青い風呂敷に包み、土間の外に停めてあった黒いバンの荷台へ積んだ。

するとそのバンは私が依頼していた始末屋のようで、運転席には浮浪者のような、歯の抜けた蓬髪の老人が座っていた。彼にお金を渡すと、「安心してください。ちゃんとやります」と乱杭歯をみせて笑った。

理科室（理性）で、過去や夢を分析（分解）していくことで、それと向き合っていた。分解しているときは血が出るようにつらくて、見たくないものも見えてくるが、分解していくと脛（体外的に一番弱いところ）には、愛が詰まっている。足（根本・本質）は、永遠に保存できる、普遍的なものなのかも知れない。だから一番天に近いところに置いておくのは、足だけでよかった。

死体を運んでくれたのは浮浪者で、社会の規制（理性）に囚われない人だった。彼が要らない部位を、どこか知覚できない、知らないところへ運んでくれた。

令和四年　三月十日

夢　私は揺れる貨物車（客車はない）の、コンテナの中ではなく、車両と車両の繋ぎ目のようなところに、烈しく揺れるのをバランスを取りながら、腰かけている。

同じ繋ぎ目に、見知らぬ少女も同じ向きで座っている。私が進行方向の車両側に、彼女が後方の車両近くに座っていた。私は背中に黒い、小さめのバッグを背負っていた。それはエナメル質だが、ワニ革のような凹凸のある触り心地で、私が普段持たないようなものだった。少女は私より大きいサイズ（といっても、一般的なサイズ）の、どこかで見覚えのある大衆ブランドのリュックを背負っていた。黒い布地に、金色の王冠を被ったウサギと水玉がプリントされていた。

私たちはいつから乗っていたのかはわからないが、私も少女も貨物車を使って家に帰っていた。彼女は、じっと私のことを見つめていた。垢ぬけた化粧とモノトーンな服装の、K－POPが好きそうな子だった。少女が座ったまま、こちらににじり寄ってくる。見ず知らずの少女だったので、私は「え？　何？　怖い」と言った。すると少女は「あなたのバッグ素敵ね。（中身はいいから）バッグだけ私のと交換しない？」と言った。

私は正直、なんでこのバッグを持っているのかわからないほど、そのバッグを気に入っていなかったし、よく見ると表面に引っかかったような、白い大きな傷があったので、交換したいと思った。しかし、少女は傷がついていることに気づいていないかも知れず、それなのに交換するのは忍びなく、彼女のリュックが特に欲しいわけでもないので、「いいよ、バッグだけあげるけど、あなたはあなたのを持っててていいよ」と言った。

貨物車は立橋のところで止まった。立橋が向かいのホームとホームを繋ぐ連絡橋になっていた。バッグだけ渡すには、中身を全部出さなければならない。しかし、揺れる貨物車の上で広げられないし、ましてや私の最寄り駅についてしまった。

私は「ここで降りて、うちにくる?」と言った。少女は喜んで、私は彼女を家につれていった。そこは祖母の家で、そこには亡くなった祖母も祖父もいて、親戚じゅうが集まっていた。仏間には座布団が敷かれており、従兄弟たちがテレビを見ながら雑魚寝していた。夜はこれを整列させて、みんなで寝るのだろうと思われた。少女は、うちの今はなき家族団らんを羨んでいるようだった。私は彼女に、「ここに泊まる?」と言った。彼女は目を輝かせて「うん!」と答えた。そして、「ちょっと待ってて! 準備してくる!」というようなことを言って、どこかへ去ってしまった。場面が変わる。

監獄の入口のような、巨大で重厚な黒い鉄扉がある。その中で、殺人事件が何度か起っていた。具体的に誰が死んだのかわからないが、男が何人か死んだように思う。警察だけがその中を出入りしていた。私は男になっていて、付き合っている彼女がいた。（この辺りは複雑であまり覚えていないが）鉄扉の中で死んだ男たちは、彼女が殺したようだった。

殺人が起こり始めてから、ずっと彼女と一緒にいても、私は彼女が鉄扉に入ったところを見たことがない。しかし彼女は鉄扉の中に入らなくても、鉄扉の中のことがわかるらしかった。

彼女は「好きなときに出逢って、好きなときに殺せればいいのに」というようなことを言った。それは狂った殺人鬼のような言葉ではなく、彼女は鉄扉の中の超自然的な存在のように感じた。彼女は鉄扉の中のすべてを知っていて、ずっと外にいても、鉄扉の中が見えている。鉄扉の中のものはすべて情報で、男たちは要素に過ぎなかった。

ある日、彼女宛に手紙が来ていた。それは役所かどこかからの手紙で、分厚く、何枚もの用紙が入っていた。彼女は「こういう手紙って何枚も紙が入ってるけど、書いたり必要だったりするのは一枚だけなのよね」というようなことを言った。

別の日。彼女と私が散歩をしていると、男が足から血を流して倒れていた。彼はどうやら、太ももを拳銃で撃たれたようだった。もちろん鉄扉の外のことなので、彼女がやったのではない。彼女は自分の太ももの骨を取り出して、彼に与えることで彼を救った。場面が戻る。

少女が帰ってくる。少女はもともと垢ぬけた化粧をしていたが、帰ってきたときは、もっと華やかな印象になっていた。淡い水色か、淡い黄色の、パーティーにでも行きそうによそ行きのドレスを着ていた。耳には、長いイヤリングをしている。

少女は何も持っていなかった。私の家に泊まるのにどうしてかわからないが、外でホテルを予約し、チェックインして荷物をすべて置いて来たようだった。


少女に「K‐POPが好きそう」と感じたのは、前のバイト先にいた一つ年上の女の子に似ていたから。

私はどうやら、夢に何度も出てきたあのワニを、ついにワニ革にしてしまったらしい。

それは過去の傷だから、自分ではこのバッグを気に入っていない。ただ、そこにあるから。もともと家にあって、知らないうちに自分のものになっていたから、とくべつ好きではないが持っていた。

しかし少女は、生きたワニをワニ革にしたバッグに、何かを感じて「いいな」と思ってくれた。

私のバックの中身は、鉄扉のなかで起こったことで、最初の夢から、今までのことだと思う。

もしかすると、現実ではそのバックの中身をつかって、歩けなくなった人に、太ももの骨（歩く活力・その骨子となるもの）をあげることができるのかも知れない。

今の時代は、どこまで行っても深刻にならずに、軽やかに、という時代だ。

自分がやってきたことは、誰もが目を向けるようなことではない。

しかし、どこかで私のように、とつぜん歩けなくなってしまう人がいるかも知れない。軽やかに歩くにしても骨は必要だから、そのための太ももの骨を、誰かに、あげられるのかも知れない。

夢　友人Aに本屋への道を訊かれた。友人は資格試験の本か、ビジネス書のようなものを買いたいらしい。それは自分が欲しいからではなく、Aの親かバイト先の上司に買うように言われたからだった。私はとっさに世界地図（新聞）を取って説明しようとした。しかし、すぐに世界地図（新聞）に載っているわけがないと気づき、自分で道を思い出しながら、本屋までの手書きの地図を書いた。

Aは将来に役立ちそうな、資格試験の本かビジネス書のようなものを探している。しかし、それは人に言われたからで、自分が必要と考えて、欲しいと思ったのではない。

昔よく通っていた本屋への道を訊かれたので教えようとするが、そこはローカルな本屋なのに、私はなぜか世界地図を開く。現実の縮尺とは合っていない、マクロの概念で、Aの行きたいロケーションへ案内しようとしていた。夢のなかでは世界地図だと思っているが、それは新聞だった。

情報として喋っているから、何か違うと感じた。

自分が実際に体験した、わかるところで、自分の言葉で話そうと思った。

令和四年　三月二十七日

夢　白い倉庫のような部屋に、友人二人と私がいる。部屋には電気が点いておらず、閉まった窓から仄かに陽の光が漏れていた。窓の下には、三段の脚立が置かれている。脚立の横には、灰色の服を着て、死神のような大鎌を持った男が立っている。男は、「脚立を一段上ったら、足を切り裂く」「脚立を二段上ったら腹を切り裂く」「脚立を三段上ったら首を掻っ切る」というようなことを私に言った。男は、私たちを監禁しようとしていた。

友人二人は、部屋の奥で談笑しながらスマホゲームに勤しんでいる。友人たちは、男の存在に気づいていないようだった。私は逃げなければならないと思い、隙をつくと二人を連れて逃げ出した。襖を開けたところは、有象無象が飛び交っていた。友人二人は消えていた。

ピクセルのような有象無象は、中空を飛び交いながら、たとえばお菓子の空き袋などの小さな隙間があれば、猫が飛び込むように一瞬で、吸い込まれるように入っていった。

私は机の下に隠れた。すると青い宝石のような目をした、鮮やかな南国の鳥が、机の下を覗いてきた。南国の鳥（オオハシのよう）は左に首をかしげた。私も、同じ向きに首をかしげた。南国の鳥は、右に首をかしげた。私も、同じ向きに首をかしげた。それを何度かしていると、鮮やかな南国の鳥はモップのような、長毛の灰色の犬に変わった。犬は足が不自由なようで、引きずって歩いていた。私は他のもう一匹の犬（腰に病気を患っているようで、コルセットをしていた）と一緒に、その長毛の犬をショッピングカートに乗せて全速力で走った。そこに、地下鉄のホームがあった。ちょうど電車が来ていて、私はカートと一緒にぎりぎり飛び乗った。

若いのにどういうことかと思うが、友人二人はそれぞれ膝と腰を患っているので、この犬は私の友人である。ピクセルのような世界から、彼女たちを連れだしたいと感じていたのかも知れない。

見たこともない南国の鳥は、とても鮮やかだった。友人Lは、はっきりと物を言う。

私はLに、自分の持っていない、はっきりした色合いを見て、それを異国の宝石のように感じていた。

Lは Lで、私に興味があって、机の下を覗いた。

しかしLは、モップのような長毛の犬に変わった。モップは、いろんなゴミがくっついてしまう。

本当は美しい南国の鳥なのに、ピクセルの世界の、要らない情報がたくさんくっついてしまい、重くなっているように見えた。

令和四年　四月十五日

夢　私は何人かの友だちを誘って旅行へ来ていて、寺社仏閣へ続く表参道のようなところを歩いていた。内宮の表参道に似ていたが、お店ではない。早朝の澄んだ空気に、心あらわれる。日本の古い街並みが、どこまでも続いていた。私がみんなを先導して歩いていた。旅行の終わりには「楽しかったね」「胤ありがとう」という感じで、みんな気持ちよく楽しんでくれていた。「みんなに良い影響を与えることができた」という印象があった。

みんな就職したら時間が合わなくなるだろうからと、私は「これが最後」というように、とにかく計画を立てては、友人を旅行へ誘った。一週間に一回や、三日に一回などの短いスパンで、色々なところへ行こうとしていた。

ある日、私は友人たちを山奥の沼地へ誘った。そこは有名ではないが、秘境として浅く狭く知られるスポットだった。私はそこに行ったことがあるようだった。沼地は樹々の鬱蒼とした中にあり、至るところに緑色の苔が生している。沼は人工池のような形をしていた。沼の奥には、さざれ石のような大きな石があった。石は祀られているわけではない。だが、松尾芭蕉に詠まれた岩がそうであるように、大きな石は音を吸収する。沼地の石は、その前に立つと吸い込まれそうな妖気を感じる、御神体のようなものだった。

秘境といえば、神秘的で癒される、壮大な美しい景色を想起する。しかし、この沼地は神秘的ではあるのだが、どこか神隠し的な怖さを持ったところだった。

私は待ち合わせ場所に早く着いた。友人たちは、まだ誰も来ていない。

前日の夜に、烈しいスコールが降った。待ち合わせ場所は、水はけの良い白い砂利で覆われ、まったく濡れていない。途中の山道も、濡れていなかった。しかし、ここから山の奥へ続く一本道は、ぬるぬると赤茶けたドブ川のようになっていた。待ち合わせ場所から石のある沼地まで、昔に作られた歩道くらいの道が、延々と続いている。その道だけが浸水し、氾濫した後の泥の多い川のようになっている。私は「もしかすると、みんなで沼地まで行くのは無理かも知れない」と感じ、先に一人で試してみることにした。

水深は意外に深く、百メートルほど進むと、もう足の付け根まで浸かった。泥と苔が纏わりつくが、歩みにそこまで支障はない。多少無理をしてでも、全身が濡れてでも、行けるものなら行きたいと思っていた。私は、気にせず進んだ。

沼地の場所は、待ち合わせ場所からは見えない。沼地まで一人で行ってしまったら、後で友人たちが来ても、私が先に来ていることに気づかないだろう。私は、自分が待ち合わせ場所から見える範囲で、行けるところまで行こうとした。しかし、途中で身の危険を感じはじめた。川の水は沼地の方向へ流れていて、奥へ行けば行くほど流れは強くなり、流されそうな予感がした。そのとき、Lが待ち合わせ場所にやってきた。

私は「ここヤバイわ！　昨日の雨降り過ぎて無理！」と叫んだ。するとLは「うん。そうだね、見たらわかるよ。違うとこ行こ」と至極当然のように、あっさり言った。私はこの友人の、きっぱり、はっきりしたところが大好きである。私は自力で待ち合わせ場所まで戻った。

すると、待ち合わせ場所の茂みの奥に、エレキギターを背負った少女がいた。山奥なので、オーディエンスは誰もいない。しかし、彼女は「練習」ではなく「弾き語り」に来ているのだと感じた。Lは弾き語りの少女に気づくと、「あの人、『(彼女の名前)』じゃん！」と感激したように近づいていった。Lは少女に「ファンです。母親もあなたのファンです」というように、グイグイ話しかけた。「母は私（L）とあなたを比べて、私のここが足りないと言って、私よりあなたを愛しているんです」というようなことを言った。少女はそこまで褒められるほど自信がないのか、困ったような顔をしていた。私は彼女のことを知らなかったが、LもLのお母さんも知っているということは、ネット上で有名なのだと感じた。

待ち合わせ場所には、結局Lしか来なかった。


今日起きると、Lから意味不明なLINEが届いているのを見た。それは昨日の夕方送られたもので、「毎回京都の和菓子が食べられるゼミ……」という謎の文章である。二日前の前回の会話とはまったく関係ない。

Lとは毎日LINEしているわけではない。最初は私のことを言っているのかと思ったが、どうやら彼女のゼミの先生が和菓子好きで、毎回京都の老舗和菓子を買ってきてくれるらしい。

どこか、夢の寺社仏閣と重なる。

その後は、その人たちと高い確率で合わなくなる。もう会えなくなるから、みんなで楽しい記憶を残したい。それは、想い出づくりだった。想い出づくりは、同じ体験の共有だ。

それを記念として残して、それぞれの道を歩んでゆく。自分を思い出すときは、一つのモニュメントとして、それを一番近い記念、一つの帰れる場所として残していく。

それぞれが互いに、自分はこういう人間だったよ、というのを、印象に残したい。

「自分はどういう人間か」と思い出してもらうときに、私が選んだものは、大好きな寺社仏閣へ続く表参道を歩くこと。もう一つは、そうではなくて、もっとどろどろした、深い闇の世界。

母との関係がテーマの、どろどろした道。その両方を見せたかった。見てもらいたかった。

だが、みんなそこまでどろどろした世界は見たくないし、意識にも上らせたくはないのかも知れない。

私は慣れているから、かまわず進んでいた。しかし、そこには目に見えて怪しい、気味の悪い流れがある。

みんなは、Lの言うように「見たらわかる」ヤバさの、そこへは来られない。

弾き語り歌手は、どろどろした川の前で弾き語っている。そこは、みんなを呼んでいる待ち合わせ場所だった。彼女にLから語られる言葉を聴くと、母親のテーマが見える。

そこに呼ばれた人たちは、同じテーマを持つ人たちだったのかも知れない。

私は弾き語り歌手と話さなかったし、彼女に対してはニュートラルで、傍観的に観ている。

Lが引くほど喰いついているのは、それがLの持っているテーマだからだ。

起きてから、弾き語り歌手は自分ではないかと感じた。人のいない山奥で、誰も聞いていないのに弾き語っている。心の世界に閉じ籠もって、誰もオーディエンスがいないのに、ギターを鳴らしている。

夢だから、Lも自分だ。そうなるとLの母も、私の母かも知れない。母がLよりも私を愛しているというのは、私の母は、他の子より、私を愛してくれていたということだろうか。

私は、その感覚が自分のなかに芽生えてきているから、彼女にシンパシーを感じず、のめり込まずに俯瞰して見ている。それどころか、彼女のことを知らない。

弾き語りは、何か物理ではないものを、感情で訴えたいから、弾き語るのだろう。誰かにこの声を聴いてもらいたい、自分の能力、言葉にできない未分化な感情、自分の心の世界を表現したい、理解して欲しい。そこには、何かを一生懸命訴えようとしている世界観がある。

山奥でギターを弾いているような自分に、誰も興味がないと思っていた。誰もまだ知らない。応援者はいない。自信がない、発信するのが怖いから、山奥で弾いている。まだ自分のコードには、ドブ川のような雑音があることを知っていた。ピックは涙型をしている。しかし、それは闇だとしても、本当は本質的で、もう世間に知れ渡っているくらいの汎用性のある内容を持っているのかも知れない。

令和四年　五月二十日

夢　夜、夏祭りのようなところに来ている。私は全身黒い服装で目立たないが、何かの集団の中心にいる。ふいに成人式のような、華やかな青い着物を着た若い女性が現れ「私は過去にこんなことがあった」「私はそのとき、こんなことをした」「こんなことに挑戦して乗り越えた」というようなことを、そんなに大したことでもないのに、さぞかし凄いことのように自信満々に主張した。それは、だから岩城胤など「価値がなくて、私の方が凄い」というニュアンスだった。私のまわりに居た人たちは、彼女の発言に靡《なび》いていった。私は「この女の人も、勝手にまわりに集まってきた人たちも、誰も本当には理解してくれない」というように、子どもに返ってわんわん泣いた。場面が変わる。

夜、私は駅かどこかへ向かっていた。その道中に、「かなみ（おそらく店主の名前）のミルフィーユ」というケーキ屋が新しくできていた。私は看板になっているミルフィーユを買ってみようと、その新しい店に寄った。しかしショーウィンドウには、ミルフィーユが見当たらない。ポップを見ると、「ミルフィーユは製作中です」と書かれていた。それは今、工房で既存のレシピのミルフィーユを作っているのではなく、この店だけの特別なレシピを完成していく最中なのだろうと思った。

ショーウィンドウの一つ一つのケーキはとても小さいが、見たこともないほどたくさんの種類が並んでいた。一つ一つに芸術性があり、繊細に凝ったデザインになっていた。抹茶のケーキなどは、盆景のようなものや、日本庭園のようになっているものもあった。

ケーキを眺めている私に、眼鏡をかけた壮年の中国人女性が話しかけ、対応してくれた。私は抹茶のケーキ二種類と、あと一つ何かのケーキと、レモングラス（茶葉）を頼んだ。

私の後ろには、灰色の髪のアメリカ人男性が並んでいた。彼は客として何かを注文したが、店員でもあるようだった。中国人女性と英語で話し、彼が何かジョークを言って、二人で笑っていた。男性は注文したものを受け取ると、女性と同じカウンターの中に入っていった。

私はショーウィンドウとは裏側の受け取り口に進んで、商品を受け取った。紙袋やビニール袋ではなく、渡し用のお洒落なデザインの缶に、ケーキもハーブティも纏められていた。

私は知らなかったが、この店では薬も売っているようだった。市販の薬でも、調剤薬局の薬でもなく、この店のロゴが付いた珈琲豆や茶葉と同じパッケージに入っていた。私の前列に並んでいる人に、その薬を大量に購入している若い男性（イベントスタッフのような蛍光黄色のジャンパーを着ている）がいた。彼は大きな缶を二つ担いで、車の荷台に乗せた。

ケーキは、今まで自分が書いてきたものではないかと思った。一つ一つは小さいが、一つ一つ集中して書いた。小さな努力だが、積み重ねていくことで長くなった。ミルフィーユは層が積み重なったケーキ。

看板にミルフィーユが付いているということは、層が積み重なった結果。

最初は理解されないと泣いていたが、お店にいるのは中国人やアメリカ人という、地球上で最も自分の感情を豊かに表現できる人たち。たたいても鳴らない木魚だった私が、そこに並んで、そこから好きなものを自由に買っていける。彼らもジョークなどでざっくばらんに談笑している。

それまでは、一つの商品とするまでにはいかなかった。しかし積み重ねることによって、陳列して「いいもの」と見えるくらいに、仕上がっているものもあるのかも知れない。

本当に自分が欲しかったものは、まだ製作中で、過程の段階だが、もう表の看板にメニューとして出せるくらいのものになってきている。

そのお店が自分であるとしたら、病院から出るような薬ではなく、自分で体験から、誰かに薬のようなものを提供できたらうれしい。それは、自分の体験だから、自分のロゴが入った薬だ。

令和四年　七月十一日

夢　京都のような、古い十字路がある。北の小径は細長く、両側に竹林を挟み、突き当りに黒門がある。門は開いているが、中は真っ暗で何も見えない。門の奥は庭園か、お屋敷の森かと思われる。この北の小径の門から覗く暗闇は、妖しい、云いを得ない神秘的な魅力があった。東西の道は、黒塗りの小綺麗な長屋がつらつらと軒を連ねていた。表札も灯も何もなく、入口がどこかもわからない。北と東西の径には、人影一つなかった。私は東西の径を前に、北の小径側に少し入ったところで立っていた。黒門の奥に惹かれながらも、行ってみる気にはならなかった。ふと、背後を人力車が通った気がした。

ふり返ると唯一、南の道には往来があり、民家に温かい灯火があった。それぞれの軒には、やわらかい橙の、ぼんぼりのような提灯《ちょうちん》がぶら下がっている。薄紫の着物を着た母親が、子どもたちを送り出す。今日は町内の祭りがあるようだった。

和気あいあいと、それぞれの家が、代々酒屋なら酒を、織物屋なら布を、それぞれの家へ持ち寄って、迎える家もそれぞれの得意な生業を尽くして、もてなした。ある家は炊き出しをして、近隣の人たちが分け隔てなく居間へ集まり、食べたり飲んだりした。

しかし、辺りに屋台はなく、祭りの山車も見当たらず、お囃子《はやし》も何も聴こえない。

南の道には奥に民家の突き当りがあり、道は左へ続いている。左の道は、暗くてよくわからない。そこから、時折菅笠に濃紫の着物を着て、左手に灯明、右手に三方を持った人がやってきて、横を通り過ぎる。着物は法被でも浴衣でもなく、変わった形をしていた。奈良時代の官職の衣装に似ている。それは菅笠や祭具を含めて、この地域で『八卦《はっけ》』と呼ばれる衣装だった。衣装が『八卦』なのか、衣装を着ている人が祭りで『八卦』という役割なのかはわからない。私はその様子を神秘的に感じて、八卦を着てみたいと思った。

気づくと、私は祖母の家の玄関に居た。靴を脱いですぐ左の棚に、八卦の衣装が一着、畳まれていた。衣装の上には、三方と灯明が置かれていて、その上に菅笠が乗っている。私は菅笠をかぶり、濃紫の着物を着て、左手に三方、右手に灯明を持って玄関へ向かった。

すると知らない子どもたちや大人が、玄関から入ってきて、家を出たり入ったりし始めた。私が靴を履こうと屈むと、絣を着た坊主頭の少年が、訝《いぶか》し気にこちらを見つめていた。少年は急に、私の菅笠を無遠慮に剥ぎ取り、方言で『よそ者だ』という意味の言葉を放った。

その言葉からは、『よそ者』が八卦を着る資格はないという、しっかり者で、大人の教えをよく守り、伝統を愛する少年の純粋な心根を感じた。それと同時に、ただ顔を見て『よそ者だ』と、その共同体から無情に切り離されたようで、悲しくも感じた。

私は外へ出ようとする少年の腕を掴み、力づくで玄関に引っ張り戻した。少年は私が黙って衣装を脱ぐと思っていたようで、驚いていた。私は三方と灯明を、『これ、ここにあったよ』と少年に渡した。少年は無言で受け取り、大人に渡そうとどこかへ行った。


東西につらなる長屋には、表札がなく、入口もなく、なかの隔たりがわからない。多元論の終着には、あらゆる表札がつかない。個として独立しておらず、存在が融合している。

東西にわたる道と、北の小径には、誰もいない。

この長屋の道は、三途の川のようなもので、北（精神）と南（現実）の世界を分かつ。北の小径の黒門は、黄泉の国ともいえる、神秘の世界に通じている。

神秘は、闇の方が強く感じる。そこには鬱蒼とした藪が広がり、妖しさを放っている。しかし、光に繋がる道もある。光がなければ、神秘は闇でしかない。

光があるからこそ、闇のなかに、本質的なものがあるのではないか、と惹かれる。

南の道の突きあたりから、左に伸びる道の先（八卦を着た人たちがやってくる道）は、北の小径の黒門のなかと、繋がっているように感じた。彼らは黒門の奥から、灯明の火を灯してきていた。

暗闇のなかから、一般的な常識のなかへ、光を持ってくる人たちに、魅力と尊敬を感じた。

人々が和気あいあいとして見えるのは、灯明に照らされている、喜びの世界。

「こういう豊かな生活ができました。ありがとうございます」と、それを三方にお供えする。

自分の特技でできた光、それぞれの家の光を交換しあって、喜びあう。

あわい融合的な感覚に、祭りか縁日と錯覚したが、これが日常なのかも知れない。

それを「いいなぁ」と思っていると、ふいに菅笠を剥ぎ取られる。

灯明を持ってくる人たちには、それぞれのやり方があって、この地域には大切に守っている、伝統やしきたりがある。それを、何も知らない人間が、なんとなく「いい」と思って着てしまっているのを見て、うわべの恰好を「真似だけされている」と感じ、少年は「よそ者だ」と言った。

子どもは単純で成長過程だから、その共同体で教わったやり方が、すべてになっている。

南の道に住む人たちは、それぞれの「方法」の表札を持っている。

置かれていた三方と灯明は、私の持ってきたものではない。その地域の伝統のなかのものなので、私は男の子に返した。

令和四年　十月十日

夢① 駅か空港か、スポーツセンターのロビーのようなところにいる。静かで、人の気配はあまりしない。私はトートバッグと、いつも本やノートをたくさん詰め込んだ重いリュックを背負って、トイレへ向かった。トイレの個室は普通、壁で遮られて奥まったところにあるが、ここでは通路に直接扉がついていた。個室を出ると、向かいの壁にベンチがある。そこには白いブラウスに、袖のないベージュのアウターと上下セットのズボン、それと同じベージュ色のベレー帽をかぶった女が座っていた。女は黒髪のベリーショートで、黒いサングラスをかけている。女の横には、ハイブランドの時計や宝飾品の小さな紙袋が二、三個並んでいた。ホームアローン3に出てくる泥棒にそっくりだと思った。

私はそこで、自分がリュックを背負っていないことに気がついた。すぐに個室へ戻るが、荷物置きにリュックはなかった。財布と貴重品はトートバッグの方に入っているので、そう慌てることはないと念じた。インフォメーションに問い合わせようと思って出ると、目の前をベージュの上下とベレー帽の女が、ベンチに向かって歩いていた。

先程までベンチに座っていたのに、たった今、私よりほんの少し先に、同じ個室から出てきたかのようだった。女の背中には、ハイブランドの紙袋と一緒に、私のリュックが重そうに担がれている。私は女の肩を引き止めて、「それ、私のリュックなんですけど」と言った。女は取り乱す様子もなく澄ましてベンチに座ると、煙草でも吸いだすかのようなゆっくりな動作で、「そう」とリュックを返した。

夢② 遠い郊外の、大きなショッピングモールへ来ている。私はお店を見ることよりも、トイレへ行きたかった。それから、手持ちがないのでお金を下ろしたかった。広いモール内を、トイレとATMを探して歩きまわっていた。暑くなったので、着ていたお気に入りのコートを、東側の入口扉と換気扉の間にハンガーでかけた。このコートは少し前に流行した丈の長いコートで、街中には黒やベージュが多かったが、私は水色を買った。色も灰色がかった上品な水色で、ハリー・ポッターの映画に出てくるボーバトンの制服のようなエレガントな色が、お気に入りだった。

いつの間にか、小学生くらいになっていた。

私はさらにトイレとATMを探した。するとインフォメーションカウンターの上に案内板を見つけた。インフォメーションは、東側出入口と西側出入口のちょうど真ん中にある。

そこでは、父と母が何かを訊いていた。受付嬢はカウンターの中から、黄色い花柄の大きなリボンを取り出して見せた。リボンは髪飾りだった。身に覚えがないが、それは私の落とし物のようだった。「そう、それそれ」というように父はリボンを受け取り、受付嬢は西側の入口扉と換気扉の間を手で示した。案内板によると、そこにトイレもＡＴＭもあった。私たちが向かうと、巨大なリボンが壁にかかっているように見えた。それは父が受け取った髪飾りと同じ生地で、対になっているようだが、ずっと大きかった。壁からハンガーを取ってみると、巨大なリボンはフードに付いていて、それがコートであることがわかった。コートは新品か、クリーニングに出したようにビニールがかかっている。

私は父と母に、それを着るよう促された。自分でもここへ訪れた目的が、そのコートであることを理解していたので、意気揚々と袖を通した。継ぎ接ぎのようなデザインになっていて、襟《えり》からウエストは右にベージュの無地、左に小粒の黄色い花柄（リボンより澱んだ黄色で、花柄もチープなデザイン）のウレタン製。ウエストから裾は右に深い緑、左にレトロな黄色の、手編み感のあるローゲージニットだった。

欧州のカントリーマザーのような、庶民的でノスタルジックな安心感があり、そんな田舎らしさは、むしろ温かくて好みだと思った。が、あまりにもサイズが大きく、袖も丈も長すぎた。私は袖と丈のあまった部分を縛って、なんとか歩けるようにした。

何故かはわからないが、私たちは本当は外出してはならないのに、規則を破って外へ出ていた。そのため、なるべく早く帰らなければならなかった。私たちは森に小舟を隠していた。森は、ショッピングモールの広い駐車場を越えた奥にある。森の向こう側は、街にかけてなだらかな傾斜になっていて、そこを舟で滑っていくのだった。森に隠された小舟を見て、私は「ノアの箱舟みたい」と思った。新しいコートは、暑いくらい温かいが、重かった。ふいに私は、水色のコートが恋しくなった。

「ねえ、胤の前のコートは？」私がぽつりと言うと、母は「なぜここまで来て言うのか」と苛ついて「もう時間がない」「新しいコートがある」というようなことを言った。私は諦め切れず、「でも、どこにあるかわかってるよ（だからすぐに取って来れるよ）」と言った。「聞き分けのない子だね」母はとにかく二度否定した。私は水色のコートを諦めて、三人乗るのがやっとの小さな小舟に乗り込んだ。

①この女の人は、一番最初の夢で、私の犬が噛みついた女性だと思う。彼女が私の本の詰まったリュックを持っていった。私の持ちものに、興味を持ってくれている。私のことを知りたいと、思ってくれたのかも知れない。

②迷っていたので一度、今気に入っているものを置いておき、過去を思い出している。

ベージュは母の好きな色というイメージで、ウエストから裾の方のデザインは、昔母が選んで買ってきてくれたベストに似ていた（当時は気に入らなくて、いやいや着ていた）。

このコートには、母のテーマがたくさん詰まっている。それを私は、パッチワークのように着ている。母の私に対する期待や願望が大きくて、等身大の自分では着られない。でも、それはかならずしも嫌いなものばかりではなかった。

黄色いリボンは、私が好きそうなもの。父も母も、それをなんとなくわかってくれているが、コートにペアみたいにデカデカと付ける。大きすぎて重いリボン付きのコートを、子どもの頃はなんとか自分の力で、等身大に合わせようとしてきた。

しかし、そういう生き方は、時間やあらゆる制約に追われる生き方だったかも知れない。

「時間がないからこれでいい」という価値観がまだ残っているのかも知れないが、本当に気に入ったものを、妥協せずに取りにいってもいい。そうすれば、ＡＴＭも見つかるかも知れない。

令和五年　二月四日

夢　ディズニーランド（寺社仏閣ではなく、本当のディズニーランドのようなテーマパーク）のホテルから、外に出る。外は、天気なのに土砂降りの雨が降っていた。

私はビニール傘をどこかに置いてきてしまっていた。すると、フロントの正面の休憩スペースに、よく街なかでおばあちゃんが使っているような荷車に、パラソルのような傘がついたものが置いてあった。持ち主は、土砂降りなのでタクシーで帰ったのだと思った。

私は明日ホテルに返そうと思い、それを借りて外へ出た。

歩くうちに、雨は少しずつ止んでいった。

アトラクションを眺めながら、ランド内の、非常に古風な温泉付き旅館へ向かう。

引き戸を開け、沓脱石で靴をぬぐ。予約をしているのか、チェックインなどの手続きはなかった。館内は、一つの大きな建物の中に、壁の繋がっているアパート（棟）がたくさんあるような感じで、廊下の両側の壁に入口がたくさん空いている。

それぞれの棟は、一つの階につき和室が一部屋あって、五階まである。

部屋のなかのイメージはなく、私は一人ではなく、何人かとそこに泊まるらしい。

そこは『一』の『たましいの間』の、505号室だった。

私はトイレを済まし、手を洗った。トイレにはアトラクション並の行列ができていた。みんな白装束の館内着を着て並んでいる。誰もが自主的にそうしているが、ここに宿泊する人は部屋で寝る前に、かならずトイレへ行かなければならないような気がした。

並んでいる人たちは、温泉の水で手が洗えることを楽しみに、口々に語りあっていた。


四角四面のホテルにいると、外で雨がふっている（遊べない）。外へ行くには傘が必要で、私は誰かの置いていった古い概念を差して出かけた。

それは古くなくても、傘でなくても、なんでもよかった。ただ、そこにあったのは古い傘だった。

そうして、時間をかけて、しだいに雨がやんでいく（遊べるようになってくる）。

漸く、人生が遊び場だということに気づきはじめた。

ここでは起きていても、寝ていても、「夢の国」になっている。

起きているときは、まわりのアトラクションで遊び、寝るときは、起きているときに得たものを、ぜんぶ手放して、手水舎のように温泉の水で清めてから、たましいの間にもどる。

令和五年　四月不明

夢

山伏が修行していそうな霧がかった深山を登り、頂上に辿り着いた。そこには、新しい祠《ほこら》と新しい神社があった。神社は崖の方にあり、白木の鳥居の向こうには、巨大な舟の前方を象った社殿が見える。社殿は崖の側面から舟底を大きく反らせて聳《そび》え立ち、舳先《へさき》を天高く伸ばしている。横から見ると、崖から巨大な舟の前方が突き出しているようである。崖の遥か下は海で、まるで山全体が舟のように感じた。


この神社は、貴船神社だと思った。貴船の神は、平安時代から人々の夢にでてくるらしい。

山は、ライオンの赤ちゃんがいた陸地だと思う。

夢のなかの貴船神社は、陸地にあった魔法の木で建てられたのかも知れない。

それまでは自分の心と外の世界に、大きなへだたりがあった。

これから陸地ごと、新しい旅に出発しようとしている。

あとがき

生きづらさや苦しみの原因がそこにあると思って、過去や夢を見つめてきた。結果として、そのようにしてきたことは、よかったと思っている。思っているが、そうしてこなくてもよかったとも思っている。

月を追いかけていても、月には到達できないように、何か完全なものを追い求めていても、そこには届かない。一度走るのをやめて立ちどまったときに、「なんだ、どこにいても月は見えるんだ」と気づく。たとえ高層ビルの後ろや、暗い雲間に隠れていたとしても、月がそこにあることを知れば、がむしゃらに走りながら電柱にぶつからなくて済む。どこにいても、何をやっていてもいいから、自由になる。見えている月が半月だとしても、あるいは新月だとしても、昼間でも、月はそこにあって、丸いことを知る。

そういう簡単でシンプルなことを、わかるまで探求しなくても、わからないまま進んでいていい。「どうにかしよう」ではなく、今直面している、自分と現実との接点のところで、だんだん出てくるものを肯定していく。過去までさかのぼらなくても、深い無意識の世界まで掘り下げなくても、それだけでいいのだと思う。

自分の生きづらさの原因となっている、過去の体験——そのシーンがどこなのかは知らなくても、思い出さなくても、いい。気づいていたとしても、掘り下げなくていい。分析はおろか、そもそも、解決さえしなくてもいい。生きづらさは、長所が影に出ているに過ぎない。毒が薬になるように、その傷を強みやバネに昇華することもできる。

無意識下のことは、見えなくてあたりまえだ。今、自分が現実で直面していることを、前向きに捉えていく。今、自分の見えているところで、愛せていない部分を愛していくことで、「気づいたら」癒されていく……それはずっと無意識下にあって、意識にあがってくることもなく、どこが癒されたのかもわからない、どんな傷だったのかも知らないまま、気づかないままかも知れないが、それでいい。そのほうが心が楽であるし、健全だと思う。そのほうが、もっと今らしい、かろやかな生き方ができる。

みんな浅いすり傷くらいなら、そうやって癒している。

過去も夢も現実も、それを肯定的に感じようとしてみなければ、いくらふり返っても、書きとめても、立ちどまって考えてみても、あまり意味はないように思う。

解決と分析は違う。

生きにくさの原因を理論的に説明できても、それで自分の苦しみが消えたり、解決したりするわけではない。現在を生きにくくしている傷がどこにあるのか、それがわかったところで、それをどうにかしようと思っても、理論や理性だけではどうにもならない。

景色の暗いところだけを見ていると、当然、暗いところしか見えないように、減点方式で否定的なところだけを見ていても、自分の否定的なところしか見えてこない。「ここが傷だ」と思って見ているかぎり、ずっと傷が見えてくる。

そうして苦しみながら、辿りつけない月を追いかけて、癒し続けなければならない
私たちは学校で「苦手なところを直す」「できないところを見つけて、克服する」と百点に近づけると教えられてきたが、それはテストのように数値化されるところ以外ではほとんど役たたずなもので、むしろ自分のできているところ、得意なところを伸ばすことによって、できないところは補われていくし、気にならなくなってくる。

この「気にならなくなる」というのが、とても大切らしく、まるで光のように背景のなかに「消えていく」。癒されるというのは、そのように全体性をとり戻していくことなのだと思う。

小さい頃に、仲のよさも、話している内容もどうでもよくて、自分は会話にすら入れていなくても、どこかで満たされていると感じた——五人なら、その五人の全体性が、完璧であるような。母の車の中で、なにも会話はないけれど、シートに西陽が差して、ＺＡＤＥがかかっている、その全体性が完璧であるような。

それが、見えているのが三日月でも、月は本当は丸いということを知り、無意識のうちに月

は自分なんだと知ること。昼間でも、月が見えているということ。

散歩をしていると癒されるのは、外の景色に心が溶けだして、自分のなかの全体性を気づかないうちにとり戻していっているからではないかと思う。

月が、「ここにない」と思いながら息をきらして走っていても、月は「ここにない」ままだ。月が得られる場所にいくために、いつまでも走り方をきたえていたところで、それで人生を終えてしまっては意味がない。どこかに月が得られる、「そこ」があるのではなく、今、ここに月があるのかも知れないと、どこかで見なければならない。

岩城 胤（いわき　たね）

自己表現が苦手で、教室に入る前にはかならず息を整えてから入っていた。母との関係も悪化し、中学卒業後、高校に入学するも半年で中退。その頃から、夢を日記に書きはじめる。以降、学校でのトラウマや、母との想い出がささくれた傷に、" 夢 " をツールとして向き合ってきた。

企画　モモンガプレス

胤《たね》のひとりごと
夢《ゆめ》をつかった、母《はは》との和解《わかい》

2023 年　11 月 20 日　初版第 1 刷

著　者／岩城《いわき》 胤《たね》
発行人／松崎義行
発　行／みらいパブリッシング
〒 166-0003 東京都杉並区高円寺南 4-26-12 福丸ビル 6F
TEL 03-5913-8611　FAX 03-5913-8011
https://miraipub.jp　E-mail: info@miraipub.jp
編　集／市川阿実
ブックデザイン／池田麻理子
発　売／星雲社（共同出版社・流通責任出版社）
〒 112-0005 東京都文京区水道 1-3-30
TEL 03-3868-3275　FAX 03-3868-6588
印刷・製本／株式会社上野印刷所

ISBN978-4-434-33002-5 C0095